El winchester de Durero

RAFAEL ZEQUEIRA
El winchester de Durero

© Rafael Zequeira, 2017

© Fotografía de cubierta: W Pérez Cino, 2017

© Bokeh, 2017

Leiden, NEDERLAND
www.bokehpress.com

ISBN 978-94-91515-76-7

y confió a los fantasmas que veía
la apariencia de un salto cancelado

Emilia Sánchez

...les encanta que yo diga lo que digo
cuando tengo cuatro tragos para después
salir al barrio y contarle a todo el mundo
que ahora sí que el ron me ha vuelto loco.

José Rodríguez Lastre

Cúlpese al mundo, a las viejas hazañas
si con harapos sedosos nos protegen
esos novios de más allá del mar

Carlos Victoria

La trágica muerte del doblenueve

Lo mató como a un perro, como se mata a un cochino. El murciélago convulsiona y desafina a causa de la ira. Es una sombra, Anita. ¡He aquí el arma homicida!

El Gran Circo Carlos da inicio a su función de hoy, señoras y señores, y Anita trata de sufrir en inglés, shape without form, shade without colour, no recordaba nada más Anita, vestida con tanta moderación que parecía otra mujer, que se parecía a Dora, y perdida, igual que Dora, en algún paraje brumoso del cosmos que habría que recapitular. Le dijo a Dora que nada de señoras y señores, que compañeras y compañeros, que el espectáculo era para el consumo nacional, y Dora que hablara más bajito y que no se buscara más problemas, por el amor de Dios, que demasiados problemas había ya y la mujer de la derecha, el muchacho de la izquierda, el calvo del frente y el viejo de atrás tenían cara de estar ahí para escuchar lo que ellas hablaban y chivatear después. ¿No había hablado el murciélago del rigor de la vigilancia? No quería más dificultades por causa de la maldita lengua que tenía. Me he vuelto, después de esto que ha pasado, cautelosa y arisca. Aunque es verdad, Anita, que no se trata de un show para esos extranjeros tuyos que deben de hacer sus pagos en contantes y sonantes US dollars para que no sepamos, después, si lavarnos las manos con sosa cáustica o ungírnoslas con esencias preciosas.

Redobles de tambor para emocionar. Vals Fascinación para fascinar. Reflectores de luces multicolores. Domadores que doman fieras. La distinguida y épica mujer de papier maché se enrosca culebras en el cuerpo. Tañen sus guitarras los dos trovadores conspicuos y alabarderos. Payasos pujones y lameculos. Magia, locura, castigo y humillación. ¡Adelante el Maestro de Ceremonias!

Amor mío, apetito de papá, ñoñita mía, piccina mogliettina olezzo di verbena, yo te quiero mucho y me gustas más, pero con ese sonido encima de mi cabeza no me salen bien las cosas; pero no te preocupes por eso, que yo me conozco bien y sé que es por culpa del sonido. Dentro de poco, cuando el sonido de los aviones no se trague a Totti dal Monte y a Beniamino Gigli, entonces, un bel di vedremo. Y eso para no hablar de los otros sonidos, de la Voz Que Se Lo Traga Todo. No es fácil, corazón, vivir tantos años junto a una voz que se lo traga todo, y que ahora, para colmo, usa fondo musical, un tema orquestal que se traga a la soprano cuando pregunta ¿Che dirà? Chiamerà Butterfly dalla lontana. Pero dentro de cinco minutos vas a chillar; dentro de cinco minutos mis amigos del dominó van a apagar la televisión, los aviones van a aterrizar y entonces te van a crujir las cuadernas como si fueras una de las carabelas del Gran Almirante. Vas a sentirte aniquilada y enferma. Pero ahora no puedo; no puedo porque ese sonido está ahí para crearte la ilusión de que tu vida se reduce a un presente heroico y a un glorioso porvenir. Te persuade de que también tú eres el protagonista del melodrama, y, ¿a quién no le gusta ser el protagonista de un melodrama, mi amor? ¿Y quién va a poder singar con esa extraña idea metida dentro de su cabeza, corazón?

Por lo menos tres Mig veintipico retozaban aguerridamente, caracoleaban agresivamente, volvían grupas cojonudamente, coño, que nadie se vaya a creer que aquí hay pendejos, hijos de perra, mientras Carlos se entretenía, podría decirse más exactamente que se aburría, con la bellísima y sexualísima, explosiva, rotunda, suave y bien vestida y mejor desvestida gracias a sus cremas y cosméticos pagados en dólares que a su vez eran pagados en especie, es decir, con la raja, Anita Easy Shopping que, shopping al fin y al cabo, se conseguía las novelas de Frederick Forsyth y sabía lo que era un blackbird y le decía que la picha era un poderoso blackbird yuma, mi vida, yuma, fuselaje negro de titanio negro, aunque él fuera blanco de ojos azules. ¿Qué importaba eso? ¿No se podía ser blanco de ojos azules y tener la picha prieta? ¿Por qué no? ¿Quién lo decía? ¿Lo decía, acaso, el realismo socialista? Y no me pidas que me calle y que no empiece a teorizar; si me gusta estar contigo es porque tú dejas hablar, y dejas hacerlo en español y no en how money, no en quanto le devo, no en arriba los pobres del mundo, no en himnos y doctrinas. Que se acordara de lo caro que él le salía, que la dejara hablar entonces, porque ella estaba con él nada más que porque le gustaba y por hablar, porque mientras estoy aquí, contigo, me estoy dejando de ganar Dios sabe cuántas cosas. Ahora mismo estaba trabajando en un italiano viejón a ver si le sacaba un aparato de video porque era una entusiasta de ver películas de acción desde la cama, y en vez de estar con el italiano diciéndole desidero una camera ad un letto con bagno, viejito spaguetti mío, en un hotel de lujo, tomando martinis con aceitunas metida en una piscina o en una ducha con agua caliente o en una cama grande, cómoda y limpia, o realizando cualquier otro imposible, estaba aquí con él, en este cuarto caluroso suyo al que ella había cogido afecto, chupando tan campante el pirulí, a cambio únicamente de que él la escuchara, de que la dejara hablar del realismo socialista o de cualquier otra cosa; sabía que hablar del realismo socialista con el pájaro negro metido en la boca no era, digamos, la forma más ortodoxa de abordar el tema, pero quería hacer las dos cosas y él debía comportarse como un caballero y dejarla hacer sus caprichos, niñito lindo mío. Rico, mi amor, muy rico. Que se vaya al carajo el signore quando lei desideri con su aparato de video y su pobre pajarito viejo y triste, alicaído, moribundo, diría yo. Que se vaya al carajo con su idioma melodioso y sinfónico y me deje ser persona a tu lado, vida mía. Juntos, tú y yo, quizás podamos no morir ahogados en La Gran Laguna de la Mierda. Tú podrías volver a trabajar y yo podría renunciar a esta vida inodora, incolora e insípida, y ser tu mujer y cocinar para ti, lavar tus calzoncillos y parirte niños malcriados; podría, incluso, hacer borrón y cuenta nueva con todo esto y terminar mi carrera; nada más que me faltaban dos años para terminar cuando me pregunté de qué me serviría ser profesional, qué vida iba a ser la mía después que me graduara y me ubicaran de profesora de inglés en una secundaria en el campo o en Dios sabe dónde, haciendo Dios sabe qué y viviendo Dios sabe cómo. Al no poder hacer mis propios proyectos, me invadió el desaliento, amor, y decidí que de esa manera nada tenía sentido. Me sentía realizando el papel segundón de una vida que, aunque era mía, alguien estaba viviendo por mí. Alguien pensaba por mí, decidía por mí, hablaba, discutía, elegía, comía, dormía y hasta cagaba por mí. Mi vida era como un yogur: un alimento ácido y predigerido. Tú sí terminaste, pero después decidiste no trabajar, después de aquella larga explicación que nos diste a Dora y a mí. Dije que no quería ser un mulo con jornadas de ocho horas diarias, establo si lo conseguía, poca y pésima avena, para que después me pagaran en tablitas del siglo pasado o en fichas de central. Querías dinero para vivir, dijiste, no papel sanitario para no morir. No, cariño, papá, se terminó, no quiero video, no quiero más sono tanto contento di vederla, no quiero más a la Voz Que Todo Se Lo Traga ni nada. Ni siquiera quiero a Dora, tan gorda y tan tortillera y sus explicaciones sobre *El socialismo y el hombre en Cuba*.

Con Dora había aprendido que los legítimos revolucionarios cubanos de aquella época, es decir, un revolucionario argentino, consideraban tanto estiércol como una cagada de aquellos rusos que no por gusto eran conocidos entre nosotros, de modo institucional, como los hermanos soviéticos, y de modo real, como los bolos, bolos de mierda que nada tienen que ver con nosotros, tan sabios, tan serenos y tan puros.

Pero el tiempo es el tiempo y el polvo, que también es el polvo, deja su sedimento en el tiempo, Anita querida, y tú, tan inteligente y tan linda, tan aficionada a las cremas y a los cosméticos, debías entender mejor el sortilegio del maquillaje, el hechizo del tapujo, la eficaz magia del embozo, porque ahora nos vienen la tolerancia y la indulgencia como un producto autóctono, con marca estatal de calidad con círculo, bajo los divertidos auspicios del entusiasmo adolescente. Volveremos a ser niños alegres, desbordantes de fervor patriótico, de amor y canciones, de rechazo al poder y la fuerza. Libres y felices. Casi griegos de la edad de oro. Suma de todas la églogas. Vamos, festivos, satisfechos, alborotadores, de retorno a la humildad, a la plenitud y a la pureza de la época de gloria, a la era de las emociones legítimas, de los indomables y jaraneros tiempos en que parecían hippies aquellos buenos muchachos que, pocos años después, demasiado pocos, pero no tan pocos para que no se hubieran cortado las melenas, hubieran engordado y se aficionaran a las casas, los automóviles y hasta a las sepulturas de los hijos de puta que habían hecho rodar por la arena, les patearon el culo sin piedad a aquellos otros buenos muchachos que soñaban con ser hippies o lo que les saliera de los huevos ser; les patearon el culo, les cortaron a cuchilladas el pelo tímidamente largo tal vez porque no se habían ganado el derecho a dejarlo crecer en el campo de batalla, los corrieron por las calles, los cazaron en una cacería de grotesca rapacidad y los internaron en campamentos de desolación. Y si era así, y lo era sin duda, porque Dora sería homosexual, pero era lúcida y certera y no tenía la fea costumbre de hablar caca, ¿qué sentido tenía que aquel hombre hubiera escrito aquello?, ¿qué sentido tenían tantos años de manuales atorrantes?, ¿por qué no podría decir ella que su pito era negro a pesar de ser él un tipo blanco de ojos azules? Negro como un blackbird, como un avión equivocado y con rumbo incierto que ahora, a pesar de que la Voz iba a seguir hasta el final de los tiempos en el televisor y de que los aviones Mig seguían arando el cielo, entraba y salía de aquel aeropuerto, hangar, ciudad sitiada, destrozada por la batalla y la violencia como si no fuera uno sino mil aviones con el fuselaje ya no negro titanio sino rojo cereza a causa de la fricción. Y el ritmo era cada vez más intenso, más loco, más desquiciante y desenfrenado, más no sabía cuántas cosas más, porque había empezado a llorar y el avión, la bala, la flecha, el cohete, el ay mi madre, qué rico, qué duro, Dios mío, cómo grito, me van a oír en toda la cuadra y los cabrones del dominó se van a reír de nosotros y es del carajo la jodedera que nos van a armar cuando salgamos, mi amor, parecía que no se iba a detener jamás.

Cosa más increíble. Había corrido el rumor, entre el ventarrón liviano y disipado de sus amigas, de que él era antipático y torpe, maniático, sangrón, déspota y arbitrario. Tenía que ser la madre de todas las calamidades en la cama. Ninguna le iba a creer, dando por descontado que ella jamás lo iba a contar, que era fabuloso y delirante. Era un telescopio que la había hecho ver la luna y las estrellas de todas las constelaciones. Eso contrariaba los textos. No podía ser fabuloso un hombre que casi no hablaba y que cuando lo hacía era de aquella manera inapetente, lejana y hasta algo desabrida; que dejaba hablar; que había sido anulado o se había anulado él voluntaria, libremente, en medio del anulamiento general. Se había negado a ser la foca tragapeces del Gran Circo Carlos.

Recordaba que una vez ella, por sonsacarlo, por alentarle la vanidad mientras fornicaba, cosa tan estimulante, lo había aprendido en esta extraña vida suya de sálvese quien puede y acuérdense de que no hay reenganche en este cabrón mundito de Nuestro Señor, de acuérdense de que hay que vivir y no aprender a vivir ni mucho menos buscar un apóstol que nos enseñe a vivir, de cáguense en las generaciones futuras y vivan su cuarto de hora, que para eso estamos aquí y para eso estarán las generaciones futuras, le había dicho, con palabras muy putas y muy enamoradas, con amor y devoción, con afecto, sinceridad, cariño y simpatía y clavada tan profundamente que te siento en las amígdalas, niñito mío, que no rumiara más, que se estaba poniendo viejito, pobrecito, antes de tiempo, que se dejara de homilías del desamparo que con eso lo único que ibas a conseguir era parecerte a ya tú sabes quién, y tú sabes quién cumplía su destino mientas que tú te convertías en un rumiante dócil, afligido y extraviado para siempre. Tenía que dejarse de categorías y exequias y que hiciera como ella, mírame a mí, mira cómo me divierto, ¿no lo ves, amor?, soy el oso Yogui, jo, jo, cómo me divierto, cómo puedo divertirme tanto, pobrecito amor mío, tan chulo y tan lindo, tan sabroso que me clavas, tan rico que entra tu pájaro negro en mi nido húmedo, suave y tibio, y tan serio y solemne que te me pones a veces, tan aburrido, tan ontológico, diría Dora. No seas rezongón y desentrampa toda esa mierda que tienes dentro de tu cabeza y que no te deja vivir como un ser normal. Extrañadísima estoy yo de que hagas el amor como un ser normal clase A, y él le había respondido que eso era muy aburrido, no decía hacer el amor como un ser normal clase A, sino desentrampar aquello, entonces ella le había dicho que lo hiciera de una forma entretenida, como un thriller, dijo, como una película de Chuck Norris o de Burt Reynolds, hasta de Silvester Stallone pudiera ser, ¿no te gustaría parecerte a Rambo, cielito?, ¿no me enseñaste ese cuchillo que tienes, igual al de Rambo? Le dijo que él tenía pupila para eso. ¿Qué quién? Seguro que no había sido ningún canadiense, ningún alemán ni ningún inglés, claro que tampoco el signore Spaguetti Arrivederci, ni mucho menos el señor Alpargatas que, joder, la invitaba siempre a follar, vocablo más espantoso; tal vez había sido Dora, la gorda tortillera que le había enseñado a desconfiar del realismo socialista, ¿fue ella, mi vida?, pero no dejes de moverte para responder, que el orgasmo está aquí mismo ya. Dijo que sería una verdadera lástima que tú naufragaras. ¿Y por qué razón iba a naufragar? Por nada, por nada, porque la desorientación es grande y los problemas de la construcción material nos absorben. No hay artistas de gran autoridad que, a su vez, tengan gran autoridad revolucionaria, había respondido Dora, ¿fue definitivamente ella, chulito mío?, ¿tú te quieres malograr, gatico?, ¿no quisieras exhibir tus basuritas de una forma entretenida?, y él le había preguntado, montado encima de ella, cabalgando y sudando como una bestia debido a que la vida profesional de la potra de nácar sin bridas y sin estribos daba para cremas y jabones, quizás diera para el equipo de video, pero todavía no había dado como para conseguir un aparato de aire acondicionado y regalárselo a él con mil amores para que humanizara aquel cuarto al que ella cariñosamente le decía mi estufa, que cómo se podría escribir de forma entretenida la historia de un gran aburrimiento, preciosa mía.

El Maestro de Ceremonias, el Royal Magistrate que decía Anita al oído de Dora, también había empezado a aburrirse y míster Shade, después de tanta crepitación y de haber exhibido con aire victorioso y hasta con algo de pastoral el arma homicida, bostezó largamente. Se hacía tangible para todos los presentes que el Gran Circo Carlos iba a continuar la función en un tono menos apasionado y provocativo. La exaltación también agota, incluso a los hombres más exaltados.

El cuchillo, ninguno de los presentes lo dudaba, era una joya de la artesanía local. Anita, sumergida en el mar de las etiquetas relumbrantes, decía que era el cuchillo de Rambo, la obra maestra de aquel amigo de Carlos que a ella le gustaba mirar porque decía que tenía el cuerpo perfecto, hand made. Y no era que quisiera acostarse con él, como quería suponer el investigador, sino que le gustaba mirarlo porque era irreprochable. Estaba segura, además, de que también al investigador le gustaba verlo sin camisa, pero ni a sí mismo se lo decía para que no fueran a calificarlo de maricón.

Era la primera vez en toda su vida que le daba gusto mirar un cuchillo. Carlos le había pedido a Torso Hecho a Mano que le hiciera aquel cuchillo para cuando fuera a pescar truchas y Torso le había preguntado qué truchas, ¿no sabía que cada día eran más escasas las truchas? Él, de todas maneras le iba a hacer el cuchillo copia fiel del de Rambo, pero olvídate de las truchas, Carlos, y ve pensando en pescar tilapias, asquerosas y fangosas tilapias traídas decían unos que de Angola y otros que de México y todos que apestaban a fango y sabían a fango, y Carlos ya no iba a poderse tragar una tilapia más, que llevaba una semana comiendo únicamente tilapias pescadas por él mismo después de pedalear muchos kilómetros. Le habían dicho que las tilapias eran voraces y se habían comido a las truchas, a las biajacas y hasta la puta madre, pero de todas maneras iba a hacerle el cuchillo para pescar truchas.

Lo que nunca quedó del todo claro para Carlos fue si el cuchillo lo hizo ciertamente su amigo o si fue el diablo quien lo hizo. Hacía ya varias noches que se despertaba sobresaltado en la alta madrugada percibiendo un inconfundible olor a gases sulfurosos, señal inequívoca de que el demonio andaba rondando cerca. Barbas de chivo, tarros de buey, pezuñas de cerdo, cola de serpiente, aliento de hiena, escamas, por supuesto, de tilapias.

Los Mig veintipico seguían yendo y viniendo, música de fondo para la voz que en el televisor seguía dando interminables y agotadoras explicaciones relacionadas, según parecía, con genitales invencibles, gónadas de bronce, penes de acero, corazones galvanizados. Carlos estaba mareado y alterado. Noqueado. No iba a resistir más. Eructaba el sabor fangoso de las tilapias del almuerzo. Su propio avión acababa de ser alcanzado por las balas. ¿Dónde estaba el pequeño botón que hacía funcionar la catapulta? Lo encontró. Bromeó con sus amigos del dominó. Solamente le quedaba la broma en este mundo. Les dijo que se sentía confiado, tranquilo y feliz porque percibía que Skipper El Magnífico estaba optimista y que ese optimismo era su clavo caliente, su único asidero cuando sentía que sus pies colgaban en el abismo; ese optimismo le daba a él fuerzas para seguir viviendo y para enfrentar la vida sin decaimientos de pendejo, para enfrentar, tranquilo y seguro, cualquier adversidad; en suma, para combatir y vencer las vicisitudes de un universo hostil.

Tampoco le quedó nunca claro si fue realmente él o si fue El Trapalero, El Príncipe de las Sombras, El Sucio quien puso esas palabras en sus labios, porque no por casualidad, no por falta de voluntad o por descuido, durante las madrugadas lo despertaba aquella tormenta de arena salobre y fétida que lo obligaba a levantarse en medio del desconcierto y hasta del terror y beberse completa la jarra de agua.

Anita Easy Shopping, a su lado, fragante como un jardín babilonio, linda como un amanecer en el mismo jardín, ataviada como una carroza de carnaval brasileño y buena hembra como una puta de mercado internacional que cobra sus faenas en moneda libremente convertible y no en tablitas ni en fichas de central, se rió, y los amigos del dominó se rieron también, era tremendo jodedor este Carlos, pero el amigo de sus amigos, el compañero Sábado Corto, no sonrió siquiera, sino que preguntó con qué había ligado Carlos la mariguana, o es que era comemierda o qué, y ya Carlos no tuvo ninguna duda de que El Tramposo estaba allí, de cuerpo presente, dueño y señor de las circunstancias, amo de los destinos. Implacable. Sin lugar al perdón. Tuvo miedo. Tragó en seco y trató de insistir, para distender, para reconciliar, en que el optimismo de Skipper era para él el bálsamo de Fierabrás. Pero tampoco, lo comprendió después delante de la shade without color y del Royal Magistrate, estas palabras habían sido suyas. También estas se las había dictado El Pestilente. Y ya estaba por completo a merced suya. Ya nada le quedaba por hacer. Estuvo seguro de que aunque se metiera de cabeza en una bañera llena de agua bendita, las cosas iban a ser como fueron. Iba a comenzar lo que siempre había querido evitar: la espectacular función del Gran Circo Carlos.

Anita no acababa de entender por qué razón se había puesto de ese repugnante color amarillo verdoso el rostro del Short Saturday. Y cuando Carlos le dijo por mi madre te juro que estoy hablando en serio, no te vayas a pensar que estoy bayuseando, compadre, el rostro del hombre pequeño se hizo definitivamente de un color que tal vez pudiera definirse como verde Van Gogh. ¿Quién coño se había creído Carlos que era él? Él adoraba a aquel hombre que hablaba mientras los aviones de combate silbaban en el aire; siempre que lo escuchaba sabía que estaba dispuesto a morir por él, a desangrarse por ese hombre. Además, estaba prevenido; estaba adiestrado para salirle al paso, era exactamente esa la expresión, a los enemigos socarrones. De modo que había llegado su turno de entrar en acción y le dijo a Carlos que estaban en la casa de él, eso era cierto, pero esa no era razón suficiente para permitirle a un vago cagón que utilizara burlas a costa de un tipo que era el uno, ¿lo oyes bien, comemierda? ¡El uno! Óyelo bien para que no te hagas el chistoso, el uno en este país y en el mundo. Y no te voy a tolerar que le pongas el nombrete de un canguro actor de la televisión. No voy a soportar payaserías a costa de él.

¿A costa de quién, compañero, del uno o del canguro? Ya cuando dijo esto era evidente que su propio aliento disparaba cristales de pirita con reflejos dorados y despedía el clásico olor de los fondos del Sumidero. De no haber estado presente El Mañoso se hubiera callado la boca, hubiera seguido esperando, perdido y manso, el día del infarto liberador, que era lo que había venido haciendo durante tantos años, pero esta vez el Gran Señor Nebuloso no se lo permitió.

A costa de tu puta madre, pudiera ser, dijo el compañero Sábado Corto y Anita Easy Shopping y los amigos del dominó dejaron de reírse y Anita dijo está bueno ya, dejen esa mierda, que esto va a terminar mal si ustedes siguen por ahí. Pero tenía que terminar mal porque ya el pequeño estaba enojado, muy encabronado y colérico estaba y dijo que no se trataba de ninguna mierda, pila de gusanos, que ese hombre que estaba hablando era el hombre del siglo, era un pingú, que lo supiera bien Carlos y que lo supiera bien Anita también, y que supiera bien el mundo entero, un pingú, ¿lo oyen bien todos ustedes? Un pingú. Nunca se olviden de eso.

Un rayo de sol tardío, ya eran más de las seis de la tarde, un errante reflejo crepuscular, rebotó en la hoja del cuchillo hecho a mano por Torso Hecho a Mano. Era el cuchillo que había usado Rambo para pescar tilapias porque truchas, ya lo sabían todos, apenas quedaban. Traía la obra maestra de la artesanía local para enseñársela a sus amigos. ¿Quién lo indujo a hacer eso? ¿Quién le seguía dictando extrañas palabras al oído cuando le dijo a Sábado Corto que la suya era una manera de ver las cosas, un punto de vista? Le dijo que él respetaba los puntos de vista de todo el mundo; respetaba hasta el punto de vista de Puccini cuando había hecho cambios a Madame Butterfly; él era un exagerado en eso, porque respetaba hasta el punto de vista de los animales y podía asegurarle, compañero, que jamás le había ido a la contraria a un caballo o a un perro, ni siquiera a un gato, a pesar de que no simpatizaba con los gatos a causa de la fea costumbre que tienen esos animales de ser ladrones; pero el suyo, compañero, era un punto de vista que él no compartía debido a que pensaba que un hombre con la pinga muy grande o muy gorda no tenía que ser, necesariamente, un Recapitulador del Cosmos, eso en primer lugar; y en segundo, a que él no padecía de complejo de castración alguno y no se dedicaba a medirle y mucho menos a elogiarle el tolete a ningún hombre. No tengo ese extraño hábito, compañero, y las únicas pocas veces en que se me ocurrió averiguar cuántas pulgadas tenía una tranca, fue en mi adolescencia y con la mía. Y sepa que quedé satisfecho.

El aire se hizo a partir de ese momento de un espesor perentorio y cargado de los peores augurios. Pronosticaba el premio a tantos años de insensatez, al segundo específico y ya inevitable de la magna necedad. El naufragio que había luchado por evitar a lo largo de toda la vida era ya inevitable en medio de la depresión y el desconsuelo. La incertidumbre pesaba tanto que después alguno de los testigos le explicó al murciélago que creyó que estaban en medio de una lluvia de granizos negros, y recordó que Carlos, con voz más bien baja, había dicho me doblo en el nueve y no juego más a esta porquería, y que la víctima había gritado tu doble nueve soy yo, maricón.

El rayo perdido del sol poniente, ahora un poco más bajo y menos resplandeciente, se perdió en el cuerpo opaco de la pistola Makarov que el compañero Sábado Corto sacó con gesto profesional y rapidez vertiginosa de nadie sabe dónde. Creyeron que se trataba de un número de prestidigitación debido a la velocidad y al absurdo, y debido también a que alguien había hecho el superfluo comentario de que aquellas pistolas solamente servían para disparar un tiro al aire al tiempo que un cuadrado oficial moscovita daba el consabido grito de ¡hurra!, o para que el mismo cuadrado oficial, de salirle mal las cosas, se pegara un tiro en la cabeza. Pero cuando escucharon al pequeño Sábado Corto dar aquellos destemplados gritos de yo te mato, gusano hijo de la gran puta, yo te mato, pedazo de maricón, para que aprendas a respetar a los hombres, comprendieron que no se trataba de un ilusionista que mostraba sus habilidades, sino de un hombre dispuesto a algo tan increíble y peregrino como lavar con sangre la mancha de una ofensa recibida, de algo que resultaba tan sorprendente a estas alturas como un maldito error genético, a pesar de que nadie lo había ofendido a él y de que la sangre eugenésica había de ser la suya.

Míster Shade, esforzándose por no volver a bostezar y moviendo sus trapajos negros de tiñosa de un lado a otro, quería que repitieran detalladamente la historia. Minuciosamente. En cámara lenta. Quería desentrañar el sentido, los movimientos, las acciones de cada fracción de segundo. Quería diseccionar el tiempo en partículas cargadas de luz, de información. No había comprendido bien el cuento. ¿Quién iba a tragarse aquello de que el cuchillo de Rambo estaba allí por pura casualidad? Esas casualidades no existen, señores míos. ¿Acaso le habían visto cara de verraco? En su niñez remota, su abuelita lo dormía con canciones incomprensibles llenas de duendes y fantasías, pero aquella historia de la puñalada en defensa propia no servía ni para dormir niños retrasados porque había sido una puñalada precisa y diestra, podría decirse que científica, como dada por un titular en el oficio. Y si el Maestro de Ceremonias o alguno de los presentes no compartía esta opinión, que leyera el informe forense y se enterara de que el corazón de la víctima había sido partido en dos mitades como si se tratara del corazón de un cochino de fin de año. ¿No había matado el Maestro de Ceremonias, no había matado alguno de los presentes un cochino en su casa el 31 de diciembre? ¿No?

He aquí el arma homicida. Anita Easy Shopping se había desmayado al ver tanta sangre. Era por causa del olor. Valses. Reflectores. Fieras. La distinguida mujer. Payasos. Trovadores. El murciélago pedía, exigía un castigo ejemplar para aquel asesino de los mejores hijos del pueblo, para aquel refractario velado que se negaba, tanta era su presunción, a argumentar nada a favor suyo, y lo único que hacía era tararear alguna canción que nadie conocía, aunque ya nuestros competentes especialistas han descubierto que se trata del aria «Un bel di vedremo» de la ópera Madame Butterfly, del músico italiano Giacomo Puccini, fallecido hace ya muchos decenios, por suerte para todos nosotros. Al exigírsele al acusado que se explicara mejor, se limitó a responder que se trataba de una ópera escrita por el susodicho Puccini y estrenada el 17 de febrero de 1904, en el teatro de la Scala de Milán, en medio de un resonante fracaso. Que más adelante había sido revisada cuidadosamente por el autor y reestrenada en Brescia el 28 de mayo del mismo año 1904, cuando se convirtió en un gran éxito y fue aclamada con gran entusiasmo por el público. Se le pidió que dijera más, que aquello nada tenía que ver con el aborrecible crimen que había cometido, que toda esa extravagante historia de óperas, fechas de estreno, fechas de reestreno, éxitos y fracasos, no arrojaba luz alguna sobre unos sucesos tan lamentables, y dijo simplemente, sin mostrar arrepentimiento aunque tampoco complacencia, que se trataba de su ópera preferida y que aquella aria de un bel di vedremo levarsi un fil di fumo sull'estremo confín del mar, le parecía a él la mejor, que era la que más le gustaba, la que más disfrutaba.

El Packard-Clipper y la rosa mística

Las luminarias de la hoguera habían alcanzado una altura nunca antes vista, aunque sí imaginada en algún deliquio revelador y, por supuesto, punitivo. Siempre el castigo. En cuanto a los colores, creía recordar haber visto algo así en una sala de cine, hacía demasiados años. Era una película en la que un hombre poderoso y vesánico le prendía fuego a su ciudad. Seguramente había asistido al cine en compañía de Antonia. Antonia había ido sola a muchos lugares, pero ella jamás había ido sin Antonia a ninguna parte. Con toda seguridad, también eso era un castigo. Igualmente la castigaron las manos poderosas que la levantaron en vilo y la lanzaron de cabeza a las profundidades fétidas del Báratro. Era allí donde había visto las llamas y había empezado a jugar el agotador juego del aborrecimiento propio y las remembranzas. Más me hubiera valido dejarme desvirgar a los dieciséis años por el primer cabrón de ojos tiernos que se atravesó en mi camino. Pero cuando se desabotonó la portañuela y se sacó, en la sacristía, sin respetar la presencia de las imágenes santas ni el perfume sacramental, aquella méntula hiperbólica por lo grande, lo gruesa, lo dura y lo redentora, cometí el más grande error de mi vida al gritarle no lo hagas; te suplico, por el amor de Dios, que no me la metas. Carajo, mamá, me equivoqué. Y hoy me he vuelto a equivocar del mismo modo cuando le dije a Brito, treinta y siete años después, casi las mismas palabras.

Las blasfemias incontenibles y el llanto habían empezado a rivalizar con los aullidos de la Negra en medio de la oscuridad. Por primera vez en su vida blasfemaba, aunque más exacto sería decir por segunda. ¡Cojones, mamá! ¿Por qué carajo no habré ardido yo también? Todo se ha ido a la mismísima mierda, mamá.

La visión ígnea existía ya nada más que en los ojos de Purita y en el instinto de su perra, pero ambas se comportaban como si el siniestro fuera a recomenzar de un momento a otro y las llamas fueran a tragárselo todo con bulimia doctrinaria. Y tal vez la culpa, una vez más, la tuviera el viejo Packard. Después de la total combustión del maderamen del garaje, bajareque separado de la casa por un pasillo de no más de tres metros de ancho, el automóvil, como una revelación, había resplandecido con luces azules y verdes, azófar incandescente que parecía provenir de las emanaciones que se originan en la demarcación del Ángel Astuto.

Hacía ya más de una hora que las sirenas de los bomberos habían dejado de sonar y por lo menos quince minutos que el fuego había sido sofocado por aquellos adolescentes vestidos de verde olivo que cumplían su Servicio Militar General. Al principio, el ruido de las sirenas y la diligencia de los reclutas les habían causado más agitación que la temperatura satánica y el resplandor que las llamaradas proyectaban en la perra noche negra, más negra que la perra Negra. Pero poco después, la contemplación del bajareque convertido en pira implacable y del Packard ardiente no dejaron el más leve espacio para la coreografía magistral de los camiones rojos, los muchachos atareados y los chorros de agua a presión.

Una vez dominado totalmente el incendio, solamente los aullidos incesantes de la perra y los sollozos, las imprecaciones y las obscenidades de Purita, hacían suponer que acababa de ocurrir una desgracia. También el olor. Ella y su perra poseían un olfato especialmente sensitivo. Las dos por igual. Y si alguna vez había existido alguna desventaja, había sido, a no dudarlo, de la perra.

Claro que todo no había sucedido solamente por culpa del Packard ni de su patraña insinuante ni de la escena que dos horas antes habían representado en su interior. Mucho más culpable había sido el olor de las flores. Tal vez el de todos los olores supremos. Por ahí había comenzado a penetrar en su vida, desde siempre, la adversidad. Embusteros habían terminado en tornarse los aromas del almizcle, del ámbar, del estoraque, del benjuí. Solamente aspiraba ya el tufo de la deflagración.

La presteza y la eficacia de los muchachos vestidos de verde hicieron posible que la casa permaneciera intacta, por desgracia. Jamás imaginé que un pene fuera tan significativo en la vida de una mujer. Jamás imaginé que mi hermana Antonia y mi biografía me llevaran a esto. Jamás imaginó que un tegumento despótico situado en un sitial áulico instalado entre sus piernas, asociado a una suma de acontecimientos políticos, económicos y sociales, hubieran regido arbitrariamente toda su vida hasta convertirse en Soberanos de su Destino. ¡Un millón de veces mejor hubiera sido que ardiera todo de una vez, todo lo poco que queda, con nosotras dos adentro! ¡Cojones, mamá, mamita mía! No blasfemes, hija, por la Santísima Virgen, no blasfemes más, que todo ha sido un accidente.

La liturgia de los accidentes, proporción, ritmo, frecuencia, sistema, desde siempre le habían hecho sospechar y la habían enfrentado a la pregunta crucial: ¿Existen de verdad los accidentes, mamá? No obstante, el candor fructifica cuando la ilusión se hace imponderable, y había caído en la trampa. ¿No es verdad, Brito? ¿No te parece un feliz accidente que hayamos descubierto juntos la perfección de las orquídeas? Sí, sí, pero no prefería las orquídeas Brito. Era un profesional competente que se ocupaba de lo suyo. Patrick Suskind, así me dicen los jodedores en la corporación. Muy atractivo eso de que trabajara en una corporación Brito; quizás hasta tenía un alto cargo. No tanto, no tanto, qué más quisiera yo. Un subgerente o algo así. Bueno, no soy precisamente el fámulo del gallego que pone los billetes, pero tampoco soy su sobrino. No, no era el sobrino Brito, pero a lo mejor el yerno sí.

Risa grande de hombre convincente, dueño de sí. Si vieras una foto de la hija del gallego: un cabrón paraguas. Divorciado de una cubana criolla y con dos hijos que me dan más dolores de cabeza que todos los gallegos de Galicia y del mundo. ¿Divorciado de verdad, en papeles? Casi; digamos que en trámites, que falta alguna firma, alguna declaración, algún cuño. Muy atractiva esa sonrisa suya, seguramente la ensaya delante del espejo para agradar a las mujeres; y ese tamañazo que tiene, por lo menos tres o cuatro pulgadas por encima de los seis pies; y esa barba rizada y canosa que le da un aire de fauno viejo. Además, yo tampoco prefiero las orquídeas; voto a favor de las flores olorosas. Ese es mi negocio. Cuando quieras anda por mi casa, vivo en una quinta, en las afueras; te anoto mi dirección y te invito a un café.

Se sienten incómodas, pero no es a causa de la cháchara de Brito. En el frente del inmenso portalón en forma de U, madre e hija zozobran ante las descripciones de sus viajes, los pormenores relevantes del último de ellos, hacía ya cosa de seis años, a Bulgaria, para recibir un adiestramiento especializado en el cultivo de las rosas. No, no, Brito, no vayas a pensar semejante cosa; nos encanta escuchar tus cuentos, los relatos de tus andanzas por el mundo. El convicto era el Deterioro. Mamá y yo, es cierto, no nos hemos movido jamás de esta casa, pero mi hermana Antonia viajaba mucho. Sentadas con incomodidad propia de pujos intestinales en sillones desfondados y crujientes como viejas galeras, ninguna de las dos consigue presumir lucidamente de su pasado. Antonia iba todos los años a los Estado Unidos; a veces iba a Miami y regresaba en el día. Eran otros tiempos; entonces los sillones habrían sido silenciosos y confortables, pero ahora habían devenido en escabeles de letrina sin que se le pudiera encontrar remedio al mal.

Escuchaban con más sorpresa que atención. La parla de Brito era incansable y arrebatada. Debía de estar dotado de un poderoso músculo en la lengua. Ja, ja, ja, claro que sí. ¿No me va a brindar un trago de café, doña Ángela? Gestos y aspavientos triunfales. Ángela se retira, maldiciendo para sus adentros, para hacer una colada que iba a pagar con tener que pasarse la mañana siguiente en blanco, y para ella un amanecer sin café era, sin discusión, un día de migraña. Ya te enterarás a su debido tiempo de los poderes de mi lengua, y de otros poderes que tengo. Por favor, Brito, no me gusta nada oírte hablar de esas cosas, con ese tono y con esa cara. ¿Qué cara? Mejor sigues hablando de tus viajes. Era una cosa extraordinaria viajar; no encontraba las palabras convenientes para describir la emoción que experimentaba al despertar por la mañana y darse cuenta de que estaba en otro país. El sol era el mismo y sin embargo era otro. Afuera todos eran terrícolas, todos gozaban y padecían poco más o menos con las mismas cosas, pero eran diferentes. Ahora hacía algunos años que no viajaba, hacía algunos años que las cosas habían cambiado, pero ya a él le había tocado su tajada cuando repartieron la fruta y se había dado el gustazo de atravesar el océano a bordo de aviones velocísimos y de conocer lugares de una incomparable hermosura. Tenías que haber visto los rosales de Bulgaria, Purita, costaba trabajo suponer que todo funcionaba tan mal en un país capaz de cultivar aquellos rosales, aunque, claro está, eso empecé a pensarlo después, porque en aquel momento me creía de muy buena fe que allí todo funcionaba muy bien y que aquellos dirigentes se tenían muy bien merecidas las medallas que nosotros les prendíamos en el pecho; a veces hasta llegué a sentir un poco de envidia ante aquel socialismo europeo que al final resultó ser más deficiente que el nuestro, si es que eso es posible. Pero estar parado frente a los inmensos rosales búlgaros, rodeado de campesinas preciosas y eficientes que hacían su trabajo sin dejar de reír y de cantar era como leer los *Manuscritos económicos y filosóficos* que redactó Marx en 1844: había que ser un miserable degenerado para no dejarse convencer. Tendrías que visitar otro país, Purita, tendrías que descubrir un millón de cosas junto a mí.

¿Y era cierto que existían otros países? Flor marchita, ociosa, desilusionada, varada por los siglos de los siglos en las sirtes de su casta, se preguntaba si realmente podría existir otro país sobre la tierra; y no ya otro país, que eso resultaba extravagante y descomunal, sino otra ciudad, otra casa.

Mientras Ángela colaba el último y pésimo café, mezclado con el diablo sabrá qué sustancia y Dios sabrá en qué proporción, Purita tiene tiempo de violentar cancelas para revivir júbilos mustios. El palique erostrático de Brito, tal vez augurio de las llamas reales que vendrían después, obra el prodigio. Si su lengua era, como él había asegurado, poderosa y aficionada a degustar manjares nuevos, no podía incurrir en tácticas imprudentes. Desvió las alusiones fuertes a presuntos y eternos delirios lúbricos, y enfiló derecho, por el sendero más apropiado para una solterona católica, impresionable y antigua profesora de botánica, hacia una melopea de plazos vencidos, que al fin y al cabo no somos inmortales y nuestro tiempo es breve; de dones de Dios, que hizo al hombre a imagen y semejanza suya; de entusiasmos venideros, porque si bien nuestro tiempo era breve, todavía quedaba mucha vida por delante; de demenciales proyectos de amores adolescentes, porque ya cierto novelista francés había demostrado que se podía recuperar el tiempo perdido. El resto era una tempestuosa historia de tierras remotas, aviones sin motor, fototropismo positivo, parajes donde la nieve y el frío obligaban a entender la vida de otra manera, y un montón de palabras saltarinas y acrobáticas que dibujaban la exaltación del amor.

El olor fraudulento del café y el sonido de las tazas sobre platillos rajados la trajeron de vuelta al interior de las rejas herrumbrosas. Todo era demasiado turbio. Las palabras sonaban bien, pero no se podía edificar un alcázar regio con proezas de logomaquia, y para colmo pretender levantarlo sobre ruinas y lesiones. Ya una vez, el año pasado, aquella noche en que aparecieron en el cielo absolutamente todas las estrellas de mayo, ella le había dicho a la Negra que sus pensamientos se habían convertido en algo muy parecido a aquellas sopas de letras que su madre la obligaba a tomarse cuando niña. ¿Y para qué carajo puede servir, Negra, una cabeza así, como no sea para estarse lo más tranquila posible en espera de los adioses y no andar jugando a los proyectos nuevos? Qué bruta eres, Negra, no entiendes nada de nada; parece que también a ti te hacen daño tantas estrellas. Pero la perra Negra no hacía otra cosa que dar pequeños gruñidos, además de tener todo el tiempo tres varas de lengua colgándole fuera de la boca y de soltar unos aullidos tristísimos que la hacían erizarse de pies a cabeza. ¡Sió, Negra! ¡Cállate ya, por Dios!

Truquero habilidoso con algo de charlatán de feria, extrae el frasco de algún bolsillo y lo exhibe triunfante. Era un presente de su amor, bueno, de mi estimación, Ángela, de mi afecto, no tiene que azorarse tanto cuando escucha la palabra amor. Ja ja ja, las cosas que le pasaban por la cabeza a esta pobre vieja. Y a la hija también. Pero no había que ser impertinente. Ya le sobraría tiempo a él, perro viejo como era, no solamente para hablarle mucho y lindo a Purita acerca del amor, sino para hacérselo conocer, hacérselo disfrutar hasta el clamor y la lágrima. Lograría, primero, ocasionarle un poco de amargura cuando su maña y destreza la hicieran exclamar cómo ha sido posible que yo me haya perdido esta maravilla durante tantos y tantos años. Pero quedaría sobradamente compensada cuando, poco después, la exclamación fuera de gracias a Dios que esperé hasta hoy, porque así el debut y el conocimiento me han llegado con una calidad superlativa. Ese perfume, exquisito como podrás apreciar, es de los que se producen en la corporación para la que trabajo. Sí, sí, ahora todo son corporaciones. Claro, el frasquito no, ese lo traje hace años de la ex Checoslovaquia, de Bratislava, para ser exacto. Me lo regaló mi traductora cuando dábamos un paseo en yate por el Danubio y ella me explicaba que la otra orilla era Austria. Era onanista cuando hablaba de Austria, del capitalismo, de la sociedad de consumo; era iracunda y dolida cuando hablaba de los rusos; jamás había escuchado a ninguna persona decir tantas pestes de los rusos, pero como las decía en eslovaco, yo tenía que adivinar por su tono y sus gestos aquellas procacidades. No, Purita, no era linda mi traductora ni tuvo conmigo otras relaciones que no fueran estrictamente las de trabajo, ni otras atenciones que no fueran estrictamente las de regalarme ese frasco, invitarme a dar aquel paseo por el Danubio y pagarme algún que otro almuerzo. Sí, ya sé que todo el que viaja, es decir, el que viajaba, llevaba a sus traductoras a la cama y regresaba haciendo los cuentos de las tremendas orgías que había armado con aquellas mujeres desgarradas que se quedaban siempre perplejas y agradecidas del ingenio sexual de los cubanos, pero yo no puedo sufrir a una mujer que no se afeite las piernas y los sobacos.

Con impulso de linaje femenil, Purita saca de debajo del asiento sin fondo sus piernas acabadas de rasurar y se acomoda un arete de tal manera que puede exhibir como al descuido sus axilas cuidadosamente depiladas. Ja ja ja, bastante santurrona y mojigata, pero mujer al fin y al cabo la puñetera. Y ni los años ni esta vida extraña que lleva, uncida al yugo del desencanto, han conseguido eliminar sus encantos. Tiene tremendo cuerpazo la muy cabrona, carajo. Y tiene clase. Lindas manos, finas. Y no ha dormido jamás con hombre alguno. Santo Dios, un caramelo de anticuario. Valiosísimo. Un perfume francés de esos que se conservan en frascos que no han sido destapados en tres siglos. Iniciación, estreno, apertura, develación. Devoción fundacional. Lo fascinaban las flores de la doncellez, poco importaba que fueran tardías, porque en todas las cosas de la vida le gustaba considerarse un fundador.

La minúscula garrafilla de cristal de Bohemia, tallada por una cara con el primor habilidoso de unas manos de orífice, arranca encomios exaltados: Galatea escucha encantada la syrinx polykalamós de siete tubos que para conquistar su amor toca Polifemo desde lo alto de un acantilado. Vidrio potásico cálcico, explica Brito enciclopédico, fabricado con materiales de extraordinaria pureza y mucho celo. Frasco maravilloso. Regalo finísimo. Las retículas de proporción célica que ocupan el resto del pomo adquieren un tinte amarillo al permanecer algún tiempo expuestas a los rayos solares del atardecer.

Destápelo y huélalo, doña Ángela. Oh, sí, cómo no, delicioso, exquisito. Bueno, sin querer ser inmodesto, yo he puesto mi granito de arena en su obtención. Extraordinario, Brito, muy admirable; me recuerda los extractos de Helena de Rubinstein. Ja ja, esta Ángela tiene siempre cada cosa, ja ja. No se ría, Brito, no se ría, que eran unos perfumes muy caros y francamente sublimes. Pero eso era antes, doña Ángela, y antes yo era demasiado muerto de hambre para entender de cosas caras y sublimes. Me han dicho que hoy en día se siguen fabricando. Ja ja, hoy en día todos somos demasiado muertos de hambre. Ja ja, Helena de no sé quién, qué cosas tiene doña Ángela.

Cuando Purita vuelve a enroscar la tapa bañada en oro de la garrafilla prodigiosa, ya Brito ha largado las amarras de su lengua heráldica. Si alguna vez llegaba a tener un escudo de armas, era seguro que en él aparecería una lengua encarnada en campo de gules. Hablaba con fervor gnóstico de los compuestos químicos de los suelos y los abonos, de cómo poner a salvo las plantaciones de las permutaciones del clima, de la rigurosidad en los quehaceres fitosanitarios a los campos de flores olorosas. Una simple imprecisión y sobrevenía la degeneración de los aromas. Cuánta parla entusiasta. Esa era su siringa para seducir nereidas; cierto que tal vez el instrumento fuera de un solo tubo, pero más que suficiente, además,

¿para qué hubiera querido los seis restantes? Y Polifemo no tenía para cuándo acabar. Le aseguraba a Galatea que sabía mucho más de esas cosas que los rusos, los alemanes y hasta que los búlgaros de aquella época caduca. Ahora, si le daban la oportunidad, quería medirse con los franceses, pero eso ya era harina de otro costal. La insularidad lo hacía señaladamente sensitivo, pero quizás eso no fuera suficiente, al menos no todavía, para enfrentarse al nervio robusto de la tradición. Eso para no hablar de que los cabrones de la corporación, por celos y envidia, le estaban escamoteando el viaje a Francia. Antes no se bajaba del avión, y ahora, desde su regreso de Bulgaria, se había convertido en el bípedo implume más terrestre que se pudiera concebir, a pesar de sus méritos indiscutibles. Debían de saber Ángela y Purita, ja ja, presunción aparte, que en los valles de Kazanlik, Karlovo y Kalofar, había dejado boquiabiertos a todos los ingenieros y técnicos locales. Aquellos especialistas útiles y abnegados, nacidos y criados en medio de infinitos rosales que parecían mares aromáticos, siempre que tenían alguna duda, cosa bastante frecuente, decían que había que consultar al cubano y pegaban a elogiar desmedidamente las narices tropicales. En el valle de Kazanlik, un plantador agradecido lo había invitado a la boda de su hija, una boda campesina típica. Ja ja, cuánta inocencia y cuánta bobería, Purita, cuánta poesía elemental y silvestre. Un angelito la novia, un diablillo simpático y vigoroso el novio. Júbilo genuino, como en los tiempos en que embriagarse era una fiesta de la naturaleza y no una neurosis. Pero la rosa mística se ruboriza y se sobresalta cuando Brito, Baco coronado de pámpanos y emergido sin duda de un lienzo de Poussin, hace alusión a la virginidad hecha trizas de la novia y a las muestras de eficacia viril que tuvo que dar el novio al exigírsele que mostrara a todos los presentes una sábana ensangrentada.

Tentaban su adefagia lúbrica el candor y la virtud. Plato de alta cocina para su apetito alquitarado. Degustaba los virgos arqueológicos con la misma complacencia que los vinos de rancia solera. Imagínense ustedes que a esta damajuana de amontillado nunca se la han dado a oler siquiera. Pasa ya de la media rueda y sus éteres exquisitos no se han contaminado, ja ja, bouquet inmaculado. Pero calma, calma, que la paciencia es una virtud que proporciona compensaciones superiores. Sean pacientes y esperen a que yo le haga un cuento que me sé, y entonces hablaremos de inocencias y rubores. Esperen a que yo la siente en la silla eléctrica y el corrientazo en vez de matarla la resucite. Cuando ella cabalgue en el potro brioso, con la melena echada al viento, la boca entreabierta y la estrella del placer iluminándole la frente, sabrá que yo, Gran Mago Poderoso, acabo de insuflarle un aliento vivificante del que me estará eternamente agradecida. Ja ja, Purita, qué clase de singada más espectacular te voy a dar yo. Yo, el dios Brito, voy a ser tu creador. Me vas a recordar mientras vivas y a partir de ese momento siempre me vas a llamar papá, padre, papito, papacito.

Poussin, reinventor de imágenes, no cerraba la maldita boca embarrada de colores. Daba pinceladas y brochazos con el pico mientras la damajuana estaba cada vez más inquieta y ya no encontraba la forma de acomodar la amplitud redonda de sus nalgas en el hueco del asiento sin fondo. Este Brito del demonio no pensaba en terminar su cháchara, mamá, y no se acababa de ir. Llevaba ya más de tres horas dando unas insólitas explicaciones tan ecuménicas que habían pasado sin transición de las ventajas y desventajas entre los abonos nitrogenados, fosfatados, potásicos o calizos sobre los matices aromáticos de ciertas flores, a las excelencias tecnológicas del Packard-Clipper del 57. Trabajo le había costado decidirse entre sus dos grandes vocaciones: la mecánica y la agronomía. Finalmente había triunfado su pasión por los suelos, los frutos, las cosechas, las flores y los aromas exquisitos. No obstante, doña Ángela, y a pesar de lo que se diga ahora, no había podido hacerse ingeniero hasta después de bien cumplidos los cuarenta y de haber pasado muchas veces el Niágara en bicicleta, a favor y en contra del tránsito. Pero todavía está claro y podemos ir a echarle un vistazo a ese carro, un rápido vistazo nada más y verás que no te vas a arrepentir.

La conmovía, la emocionaba casi hasta el llanto, la llenaba de admiración y hasta de amor hacia aquel grandulón, peludo y charlatán, la particularidad de su biografía. Había remado duro en mares difíciles y ahora buscaba las playas serenas que creía merecer, pero, por amor de Dios, Brito, a qué viene ahora eso de ir a echarle un vistazo al carro. Tú tienes que estar completamente loco. Ya sobrará tiempo para ocuparnos del carro, dando por descontado que ni mamá ni yo queremos ocuparnos de eso, pero ya son casi las siete de la tarde y tú estás aquí desde antes de las cuatro, habla que te habla, y yo necesito bañarme y comer, porque a las ocho va a llegar Marquitos, que llamó esta mañana por teléfono y dijo que a las ocho iba a venir para conversar conmigo y tratar de aclarar mis dudas, porque yo estoy muy llena de dudas, Brito, y no quisiera que tú y él coincidieran aquí, porque ustedes son demasiado diferentes y no piensan igual, y yo misma tampoco pienso igual que ninguno de ustedes, y mamá no piensa igual que nadie en el mundo, y lo que se va a armar dentro de esta infeliz cabeza mía va a ser otra sopa de letras, el disloque, la gran cagazón, y a lo mejor no lo puedo aguantar y me pongo a dar gritos como una loca o como una endemoniada, ¡Dios!

Dentro del bajareque del carro había ya bastante oscuridad y el único bombillo que pendía de una viga del techo estaba, por supuesto, fundido, y ni acudiendo al robo se podría solucionar el problema, porque ya todos habían sido robados. Brito dijo cuando me caigan algunos dólares que están al caerme, te voy a comprar bombillos para toda la casa; quizás este mismo carro nos ayude a conseguir unos cuantos dólares más. No veo cómo. Con lo bien conservado que parece estar, sería una atracción para pasear turistas por toda la isla. Examina cuidadosamente todo lo que la penumbra le permite examinar y asegura, perito, que esta lata esta nueva, virginal, ja ja, en esta casa todo es virginal. Montado como estaba sobre cuatro burros de hierro, hasta las gomas de banda blanca del Packard parecían acabadas de salir de la agencia. Levanta el capó con lenta teatralidad de oficio sacerdotal y después de emitir un silbido de éxtasis, contempla el motor lleno de polvo y de cagaditas de ratones y otras sabandijas, con el recogimiento de un canónigo ante la carne viviente de Nuestro Señor retenida en la custodia. Madre de Dios, dice, motor Studebaker V8, el mismo del Golden Hawks, doscientos setenta y cinco caballos de fuerza, con sobrealimentador. Qué potencia. Y todo prácticamente nuevo. ¿Sabía que los rusos copiaron este carro para hacer el Chaika? Cuando estuve en la ex Unión Soviética, anduve casi todo el tiempo en un Chaika. No sabía de qué le estaban hablando Purita. Un carro igual a ese que utilizaban en el Palacio de los Matrimonios para pasear a los novios. Copiado de este Packard tuyo. De mi hermana. Creo que el del Palacio de los Matrimonios ya no funciona, no sé si por falta de combustible o por sabrá Dios qué, y a los novios los pasean en un coche de caballos, ja ja, más folclórico y más ecológico. Después de todo, nuestras calles fueron construidas para el tránsito de quitrines y volantas. Pero a nosotros dos no nos importa eso para nada. A la mierda con la ecología, con el medio ambiente, con los caballos que siempre apestan a sudor y a bóñiga. Echaremos a andar esta maravilla y en ella nos montaremos cuando nos casemos. Brito, Brito, no tan deprisa, por Dios, a qué viene eso de estar hablando ya de matrimonio. Ja ja, claro que sí, bobita, claro que sí; yo soy un hombre impaciente; tú y yo nos casaremos y nos iremos de luna de miel en este carrazo, aunque estando como están las cosas, creo que debemos empezar a decir honey moon. Esta máquina era de mi hermana Antonia, Brito, ella era la única que la manejaba. Bueno,

bueno, está bien, pero de eso hace ya mucho tiempo. A Antonia hasta le hicieron una entrevista para una revista americana que se ocupaba de automóviles y esas cosas. Los entrevistadores le dijeron que el 57 había sido el gran año de las mujeres al volante, que de cada tres carros que circulaban por las carreteras yanquis, uno iba manejado por una mujer, que a causa de eso la Ford tenía más de quinientas combinaciones de colores en sus autos y la Chevrolet más de cuatrocientas, que ella era la iniciadora, una precursora en Cuba. Ven, ven, vamos a mirarlo por dentro.

Las charnelas y los trinquetes de las cuatro puertas funcionaron a la perfección, a pesar de tantos años en desuso. Es inconcebible tanta calidad. Por Dios, Brito, ya habrá tiempo para eso, ahora es ya muy tarde y está oscuro. Nada más que un minuto, por favor, sólo un minuto. Sentados en el asiento delantero tapizado de dorado y rojo salmón, Brito, con alborozo pueril, juega con el volante, con los pedales, con la palanca de los cambios de velocidad. Cuando joven, a mis veintipico de años, me moría de ganas de manejar un Golden Hawks, sentía envidia de los que podían pasear en un carro como éste; ¿tú nunca aprendiste a manejar, Purita? Nunca, únicamente mi hermana Antonia manejaba en esta casa; a veces hasta creo que únicamente ella existía en esta casa, los demás éramos fantasmas. No tanto, no tanto, que tú siempre tienes que haber sido de carne y hueso, sobre todo de carne, ja ja. Imagínate que yo ni siquiera trabajo desde el año 68; desde entonces he vivido la mayor parte de mi vida encerrada aquí. ¿Y cómo fue eso? Yo era profesora de biología en una Secundaria Básica y me gustaba arreglarme, perfumarme, ir bien vestida, lucir bien; tenía veintisiete años, provenía de una familia que nunca había vivido mal, era católica. Ja ja, nada más que te faltaba ser agente de la CIA. Casi me acusaron de serlo, no te creas; fue un tal Albarrán, jefe de algo, el que me citó a la oficina de la Dirección para decirme que mis clases, en lo que a la materia impartida se refería, eran irreprochables, pero que yo no tenía condiciones para formar al hombre nuevo, que él lo sentía muchísimo, pero que yo no podía continuar trabajando en las aulas donde se estaban formando los futuros revolucionarios, los futuros dirigentes de este país. ¿Y no hiciste nada para defenderte? Claro que sí; a mí me gustaba mi trabajo y le dije mire Albarrán, compañero Albarrán, yo jamás he dicho en mis clases ninguna cosa en contra de la Revolución. Es verdad, Purita, me respondió Albarrán, pero también es verdad que nunca has dicho nada a favor. Pero, compañero Albarrán, comprenda, por favor, que yo hablo únicamente de antofitas o espermafitas, de tálamos florales, de androceos, de estambres, pistilos, cálices, ¿qué tiene que ver todo esto con la propaganda política? Mucho más de lo que tú te imaginas, compañera. Bueno, errores, cosas que pasan hasta en las mejores familias, ja ja, muchas veces he pensado que muy bien pudiéramos fundar la Small Mistake Corporation. Poco tiempo después, alguien se dio cuenta de la estupidez y nos ofrecieron trabajo nuevamente en las aulas a todos o a casi todos los profesores expulsados. La Rectify Corporation. Muchos aceptaron; yo no pude. La Rancor Corporation. Y desde entonces nos hemos sostenido mamá y yo del dinero que nos había quedado, primero, y de costuras en la casa y cosas así, después. Yo te prometo que a partir de ahora todo va a cambiar. Dios mío, Brito. La Oh my God Corporation. Vámonos, vámonos ya, que es tardísimo y apenas si puedo verte la cara.

No quería irse Brito. No estaba dispuesto a irse ahora, cuando aquella participación inesperada y cómplice en un pretérito que había transitado de la refulgencia de los proyectos a los sucesos umbrosos le había provocado una erección todopoderosa y acuciante que no sentía tal vez desde aquellos años en que envidiaba a los dueños de autos caros y potentes. El ariete venéreo le daba unos furibundos latigazos de energúmeno que lo lanzaban de cabeza hacia urgencias impostergables. Perro viejo como era, estaba en condiciones de redactar y protagonizar su propio Kamasutra; cubano como era, su Kamasutra tenía que aventajar, necesariamente, a la inspiración mórbida de Vatsyayana Mallanaga, y por eso mismo se había hecho el propósito de avanzar con pasos melindrosos en la conquista del trofeo, con rodeos galantes y empleando la lírica del donjuanismo más refinado. Pero la autoridad absolutista de su naturaleza no se andaba deteniendo en contemplaciones sutiles y le tendía la trampa de una menesterosidad carnal que no permitía aplazamientos ni dilaciones. ¡No, coño, eso sí que no!, gimió Purita cuando él, en un arrebato ingobernable le agarró decididamente una mano y sin encomendarse a nadie se la puso encima de aquella de especie de yatagán nervioso y palpitante, desenfundado no sabía ella cómo ni cuándo ni valiéndose de qué arte, y ardiente por demás. ¡No grites y toca, toca, carajo, que no muerde! Con la mano libre le acarició, más bien le estrujó, el pecho y le sobó los pezones por encima de la ropa. ¡No sigas, por Dios te lo suplico, Brito, no sigas! No escuchaba súplicas ni razones Brito. Abandonó las incursiones por el escote y forcejeó con los muslos hasta alcanzar y casi destrozar la prenda más interior, medio destrozada ya desde antes por los muchos años de uso y la cantidad de remiendos. Bestia transida avasallada por unos formidables trallazos genitales, Brito daba unos saltos de mandril cinocéfalo en cautiverio sobre el vinyl dorado y rojo salmón y le decía hoy tu vas a conocer la Coca-Cola, santica mía, y verás que después no vas a querer probar más ningún refresco en tu vida. La mano beligerante había terminado por alcanzar la carne pilosa y hendida, por palpar con las yemas de los dedos brutos por la impaciencia, la minúscula lengüecilla sonrosada de la criatura nueva y al mismo tiempo inmemorial. Con el predominio de un domador de caballos, la lanza bocarriba sobre el asiento y la monta como a una yegua cerrera. Con el furor insensato de un jenízaro en combate, esgrime la cimitarra sin filo y sin punta y por eso mismo más bárbara y ultrajante, y entre vagidos entrecortados de hoy tú vas a saber lo que es singar, my little pretty nun, se dispone a clavarla en carne cristiana. Es entonces cuando Purita, con una insospechada firmeza en la voz que no dejaba el más mínimo resquicio para la duda, le dice si me la metes te mato, hijo de puta.

Cuando Brito se fue, ya había declinado el sol y unas nubes bermejas en el occidente avisaban, sin que nadie pudiera comprenderlo, el incendio que sobrevendría. No entender el indicio no había sido torpeza ni falta de inteligencia, sino, simplemente, que el sol se pone todos los atardeceres y los incendios ocurren sólo alguna que otra vez.

Se quedó parada junto al portón de la quinta hasta que Brito, a pie y confiado en encontrar cuanto antes un ecológico carretón de caballo que lo trasladara al centro de la ciudad, desapareció en la Carretera Central. Se quedó parada allí largo rato, sin pensar en nada, ni siquiera en lo que acababa de ocurrirle, mirando los carros pasar. Desde hacía ya algunos años su única distracción consistía en pararse al pie del portón y ver pasar los pocos carros que transitaban por la carretera y establecer una comunicación cifrada con choferes y pasajeros. Degustaba el sabor inofensivo de esta inteligencia clandestina. A veces permanecía horas enteras jugando a fabricar biografías; componía arbitrariamente las vidas privadas de aquella gente y trataba de imaginar cómo serían esas vidas si en algún momento se hubieran cruzado con la suya. Y en medio de aquel Limbo se hacía más corpóreo el fantasma de Antonia, pero con la corporeidad trapalera de la complexión virtual, que sería como decir la presencia de la ausencia. Sabía que Antonia no regresaría y sospechaba, al mismo tiempo, que nunca se iría. A veces pasaban guaguas elegantes y refrigeradas, con vistosos rótulos multicolores a los lados y llenas de turistas que la miraban desde detrás de los cristales de las ventanillas, vidrios de tinta umbría que rezumaban gotas de agua a causa del frío interior y del calor exterior. En ocasiones hubo quien le dijera adiós con la mano. Recordaba con gratitud aquella vez en que un hombre joven y melenudo, tal vez un español, o quizás un nórdico, le tiró un beso. ¿Cómo habría sido mi vida al lado de ese gallego o de ese sueco, en su país? ¿Cómo sería él? ¿Sería, como Brito, una víctima de la naturaleza, de la fecundidad, de la fuerza? ¿Cómo sería la vida de una profesora de biología en aquellas tierras diferentes? ¿Cuánto tiempo hace de eso, Purita? No recuerdo bien, pero sé que fue hace ya mucho. A lo mejor fue antes del carnaval de los turistas y el hombre joven del beso furtivo y la melena andrógina era hasta cubano y todo. Escuchaba el sonido de las ranas y los grillos y sentía unas ganas locas de llorar, de pasarse varias horas seguidas llorando por todo, por su vida huera, por Antonia, por el hombre del beso, por el propio Brito que cuando la descabalgó humillado y guardó la bestia agonizante detrás de la portañuela, encendió un cigarro y le dijo en voz muy baja nada de esto tiene importancia, son cosas que pasan; de todas maneras, si tú te quieres casar conmigo, mañana mismo liquido yo el asunto de mi divorcio, que de hecho hace ya más de un año que mi mujer y yo vivimos separados, y hacemos las cosas a tu manera, con titubeos, asombros, iglesia y corona de azahar. Asombrada estaba, pero de que Brito no hubiera gritado y blasfemado como un carretonero ecológico; sin embargo, el cigarro encendido que tiró en un rincón después de darle una profunda chupada, iba a gritar y a blasfemar por él. ¿Fue un accidente o lo hizo con toda intención, Marquitos? Ya sabía ella cuán turbio era el linaje de los accidentes. ¿Quién me tiende esta celada, Marquitos, Dios o el diablo?

La carcajada franca de Marquitos, o que al menos parecía franca, la hace levantar la cabeza para encontrarse (¿otro accidente?) con el texto hipostático que anuncia su predio: Dos Hermanas. Es posible que los turistas que me miran a través de sus ventanas glaciales se pregunten dónde está la otra hermana. Nada se preguntarán, dice Marquitos, porque el letrero con el nombre de tu quinta está tan ruinoso y descascarado que en vez de decir dos hermanas, parece que dice vos, hermana; además, las celadas nunca provienen de Dios; si es celada, es del diablo.

Probablemente ni el Uno de Plotino, si hubiera podido ser interrogado al respecto, habría confirmado la veracidad de las palabras de Marquitos, porque allí estaba el viejo Packard-Clipper del 57, montado en sus cuatro burros de hierro, para introducir aunque no fuera más que una mínima partícula de incertidumbre. ¿Acaso no había asegurado Brito que aquel carro estaba nuevo? ¿Acaso no era ella misma una virgen? Veía el carro dentro del bajareque, todavía con las cuatro puertas abiertas, mientras caminaba junto al cura bisoño hacia el portal. Estaba allí desde hacía treinta años, exactamente desde la última vez que lo manejó Antonia. En un rincón que su vista no alcanzaba, estaban las botellas de queroseno, imprescindibles para alimentar los faroles en las noches de apagón. También, en alguna parte, estaba Antonia.

Antonia se reía siempre de mí, de mi fe, de mis misas, de mis rosarios. Se reía de todo a todas horas, y cantaba, fumaba, se acostaba con hombres y manejaba el Packard, mientras que yo pasaba las noches enteras ejercitando fantasías devotas cuyo escenario, no sé por qué, era siempre un jardín con una escalera de mármol al fondo; no recuerdo haber utilizado jamás esa escalera, nunca subí ni bajé por ella, pero siempre estaba ahí. Antonia hubiera sido la mujer ideal para este Brito del demonio, siempre tan entusiasta. ¿Será verdad lo que dice Marquitos? No me lo parece. Qué va a saber de estas cosas ni de nada, por muy cura que sea y por prolongados que hayan sido sus estudios. Todavía me acuerdo de cuando era alumno mío, quizás nada más que para darle la razón al compañero Albarrán. Cómo lo mortificaban los demás muchachos. Los muy jodedores le decían que era pajarito y mariquita porque iba a misa y ayudaba al cura mientras ellos se masturbaban por ahí a costa de cualquiera, incluso a costa mía.

Dispuesto a escuchar pacientemente, como su ministerio exige, Marquitos se sienta frente a ella en el portal, en el mismo sillón que antes había ocupado Brito y que es el que siempre se reserva para los visitantes por ser el de fondo menos ripioso, dice veamos qué te pasa y se pone a limpiar con un pañuelo blanquísimo los cristales de sus espejuelos, que parecen fondos de botella. Pero ella nada dice, todavía, y sigue mirando hacia el bajareque donde el Packard de Antonia sigue inmóvil y lleno de polvo como la pieza emblemática de una gliptoteca delirante y aciaga. Antes de marcharse y después de pedir disculpas y mil perdones por su conducta estúpida y descontrolada, Brito le había dicho que ese automóvil era un regalo que Dios le hacía a los dos, que si ella era capaz de no estar resentida por la lamentable locura que él acababa de cometer, iba a mandarle un mecánico que trabajaba para su corporación y que era un verdadero mago con estos carros americanos de antes del triunfo de la Revolución. Ya vería ella el tremendo carrazo que tendrían entonces. Ganarían miles de dólares con él y después lo utilizarían para ir a La Habana, a Trinidad, a Cienfuegos, a Varadero, a casa del carajo, a gastarse aquellos dólares como verdaderos seres humanos y a darse la gran vida. Convertirían aquel Packard-Clipper en el azote de las carreteras cubanas, ya de por sí bastante azotadas. Mandarían a rotular con pintura iridiscente, a todo lo largo de los dos lados del auto, las palabras WHIP ROAD, con un color diferente para cada letra. Y ellos dos adentro, reventando de júbilo y aspirando a pleno pulmón el soplo de la resurrección, estrenarían las delicias del amor y del sexo, al menos ella, porque él, ya lo había dicho, era un perro viejo.

No, Brito, no estaba resentida Purita por la escena inflamada en la que casi resulta víctima de una desfloración bárbara y tardía.

No, Brito, ya te expliqué que mi flor no es entomófila, amiga de los insectos, ni anemófila, amiga del viento; tampoco es la flor enemiga, ni mucho menos la flor del rencor. Lo que pasa es que me repugna tanto entusiasmo para todas las cosas, aunque comprendo que de no ser tú así, todavía seguirías siendo el infeliz muerto de hambre que se moría por un Golden Hawk y que no conoció a su debido tiempo los perfumes fragantes de Helena de Rubinstein.

También Marquitos había empezado a mirar hacia el viejo Packard, y mirando en esa dirección había empezado a percibir olor a humo, a materia en combustión, pero no atinaba a determinar de dónde provenía aquel humo creciente.

Escucha, Marquitos, yo he vivido toda mi vida sola, conversando únicamente con mi madre vieja y con perras sucesivas. No sé con exactitud cuántas perras hay enterradas ya en el terreno de esta quinta, pero sí sé que todas, incluida la Negra, han sido perras tristes. Además estoy destrozada no sé bien si por la presencia de una hermana ausente o por la ausencia de una hermana presente, de modo que te darás cuenta de que me va a ser difícil empezar ahora a compartirlo todo con alguien. Sin embargo, me pasan cosas extrañas y me pregunto si no me estaré volviendo loca, si no será una verdadera cosa de locos esta que me está ocurriendo tan tardíamente, porque me sucede algo que me da mucha pena decirlo, que me da hasta pena pensarlo, ¿comprendes?

Viene a su mente el San Agustín de las *Confesiones* y pone cara de que sí, cómo no, comprende, aunque en realidad no comprende nada. Sonríe con indulgencia porque la indulgencia resulta un excelente embozo para la estulticia. Mira hacia un punto cualquiera en la lejanía en penumbras, porque a lo mejor toca la flauta y ocurre que en ese punto está la luz de Dios.

Me abochorna mucho que esto me pase, pero me pasa. Me aterroriza la idea de morirme siendo virgen. Siento vergüenza de mi virginidad. No quiero llegar a la vejez y a la muerte con esta insufrible carga a cuestas. ¿Será posible que a ninguna edad pueda yo llegar a ser como todas las demás mujeres?

El aprendiz de patriarca lamenta su destino, deplora su elección. Suponiendo que alguna vez él haya elegido algo. Sinceramente, no entiende, no puedes entender nada, Marquitos, por más de mil razones. Eres todavía demasiado joven y tu niñez pasó en medio de aquellos malditos alumnos míos que se mofaban de ti, y te decían doncellita, muñequita linda de cabellos de oro, hermanita Azucena, Tom is a boy and Marquitos is a girl, y todas aquellas mentiras, ¿o es que no eran mentiras, Marquitos? Yo siempre sospeché que se trataba de mentiras provocadas por la envidia. Te envidiaban el valor de ser diferente y eso no te lo podían perdonar, como tampoco te perdonaron jamás que Flor de Lys, que era la chiquilla más preciosa que había en el mundo, se enamorara perdidamente de ti. Todos ellos la codiciaban y la perdonaron a ella, pero no te perdonaron a ti y se vengaban de aquella manera. No te pudieron perdonar jamás que cuando Flor de Lys te hizo aquella encerrona en el baño y se desabrochó la blusa del uniforme para que tú le acariciaras las teticas maravillosas, salieras huyendo como alma que lleva el diablo. El aprendiz de patriarca sabe que nunca será patriarca y comprende con mucha vaguedad la detestable servidumbre de tener que dar respuestas. Era preferible ser el hombre de las preguntas antes que ser el hombre de las respuestas, sobre todo cuando la luz de Dios seguía sin aparecer por ninguna parte ni sus palabras acudían a sus labios.

Por lo que sé, el hombre está casado y es ateo, pero todo eso pudiera tener remedio. Ahora, sin dejar de mirar hacia el bajareque y sintiendo cada vez con mayor intensidad el olor de la candela, ensaya una mirada más o menos semejante a la que hubiera tenido el obispo de Hipona cuando platicaba con Mónica. Pero no podía recordar con exactitud si alguna vez habían conversado acerca de la desilusión, acerca del vacío. Plotino y Aristóteles, que habían inspirado a los Padres de la Iglesia, le tenían, cada uno a su manera, horror al vacío. ¿Servía eso de algo? Parece que de nada.

Todos se confundieron con la visión primera de las llamas. Marquitos, náufrago en agitados mares patrísticos, vio una señal del Espíritu Santo que ahora habría que descifrar. Ángela, que acababa de aparecer con una taza de café recalentado para el Padre Marquitos, creyó que amanecía, a pesar de que el bajareque estaba hacia el Oeste. Purita estuvo segura de que se trataba de la tizona flamígera del Ángel Verdugo, que venía a cercenar, de un tajazo limpio, los élitros podridos de tu última esperanza. Su suerte estaba echada y nunca se casaría con Brito ni con nadie. Su flor, que no era de los insectos ni de los vientos ni del rencor, sería la flor del holocausto. Ya le había dicho el compañero Albarrán, la tarde aquella en que asumió a cojones responsabilidades de Demiurgo, que ella no servía para formar al hombre nuevo, y nadie, por supuesto, quería saber ya nada de hombre viejos, aun cuando se tuviera la certeza de que esos hombres una vez fueron nuevos también. Además, no quería disfrutar lo que alguna mala estrella no había consentido que disfrutara su hermana. Las llamas crecían, y antes de decidirse a correr en busca de auxilio, vio, a la luz de su resplandor, que el letrero del portón parecía decir ahora cero hermana, y supo que a ella también la habían convertido (¿quién?, ¿quiénes?) en una persona virtual. Su suerte era negra, tan negra como su perra Negra. Hacía treinta y siete años, en la sacristía, el cabrón de ojos tiernos que pretendió hacerle el Gran Favor, le dijo no seas comemierda, mira que esa membranita apestosa que tanto defiendes es como un pan de flauta, que si no se come a tiempo después no hay ya quien le meta el diente. Pero eso había ocurrido en 1957, pocos meses después que la familia hubiera gastado un dineral en comprarle el Packard a Antonia, y otro dineral en comprarle el ataúd a Antonia, cajón que a ella le había parecido un gigantesco y achicharrado pan de flauta, al que ya nadie podría meterle nunca el diente, por más que a sus oídos había llegado el rumor de que las últimas palabras pronunciadas por su hermana en el hospital habían sido ahora que me quiten lo bailado.

Los bomberos se habían marchado después de haber sofocado el fuego con chorros de agua y chorros de bromas. Marquitos se había marchado en su Lada color crema sin haber encontrado jamás las palabras que buscó en la oscuridad, en las estrellas, en los textos teológicos, en el sonido de las sirenas, en las llamas. Ángela se fue a la cama después de haber echado una última ojeada al bajareque todavía humeante y al Packard asurado, tras haberse encogido de hombros y haber dicho gracias a Dios no se ha perdido nada. Purita, ya rebalsado su torrente imprecatorio y obsceno y acompañada únicamente por la perra finalmente silenciosa, se paró junto al portón, bajó el letrero que, mal que bien, decía Dos Hermanas, en espera de que pasara alguna guagua llena de turistas dormidos. Era posible que alguno, víctima de las mañas de la vigilia, le tirara un beso y le dijera adiós.

LA VENGANZA DE LOS MONOS INGENIEROS

Estaba decidida. La picazón, la desconfianza y el susto la habían decidido a enfrentar resueltamente los estragos teleológicos que le había ocasionado Diadorín, del mismo modo que un año antes la depauperación indetenible y una promesa airada concebida dentro del mejor estilo vamp de Catalina I de Rusia, la habían decidido a conocer a Diadorín, aun cuando en ese momento él no tuviera todavía imagen ni nombre.

A la mañana siguiente, después que su padre se marchara al trabajo en aquel automóvil ruso tan cuadrado y tan blanco que parecía una lavadora o un refrigerador, Madeleine visitaría el Palacio Amarillo y por el camino, para darme ánimos y para investir de algún sentido mi desgracia y aplacar mi terror, recordaré todo el tiempo la mirada de Diadorín y repetiré mentalmente hasta quedar exhausta, hasta olvidarlos por el agotamiento, los versos de Gutierre de Cetina: «Ojos claros, serenos, si de un dulce mirar sois alabados, ¿por qué si me miráis, miráis airados?». Aunque no recordaba que Diadorín la hubiera mirado nunca airadamente. Todo lo contrario. Desde el primer momento y en contra de su voluntad, de la de ella, porque la voluntad de él, evidentemente, había sido seducirla, la sedujo con eso que Madeleine, tal vez influenciada por las telenovelas que habían llegado a montones del mismo país que había llegado Diadorín, definió como el dulce poder de su mirada. Además, los culebrones y Diadorín servían para lo mismo: para intentar escapar.

Los cortinajes de la ventana empiezan a flamear con donosura al ser batidos por el viento y le confieren a la habitación una definitiva apariencia de set cinematográfico. Más que el escenario forzoso de los sinsabores de Madeleine, el cuarto resultaba el prototipo ideal de escenografía para filmar, por ejemplo, alguna escena cumbre de la versión amanerada de una novela de Carrión, o algo así.

El motor del Moskovich de Tuto Palma cancanea varias veces antes de decidirse a arrancar y Tuto dice qué mierda. Después, exactamente igual que en los libretos de novelas radiofónicas, desde su plató de honrada, de impura o de esfinge, escucha que el sonido desigual del motor se aleja lentamente hasta desaparecer en fade out. A principios del año anterior, antes de conocer a Diadorín y antes de empezar a asistir a las lecciones de catecismo, había estado practicando para escribir guiones de radio. Pero no había dado resultado. Aquellos guiones eran un fastidio ejemplar. Por otra parte, Tuto Palma le había dicho si no te gusta, no lo hagas, qué carajo, ya te sobrará tiempo para tener que hacer cosas que te desagraden. No quería ser un padre de la Grotte des Enfants el doctor Palma, y para lograrlo hacía ejercicios físicos todas las mañanas, no ingería grasas de origen animal, no tenía aventuras extramatrimoniales más de dos o tres veces al año y con gran discreción, usaba jeans hasta para dormir y era tolerante con su hija. Había estado al tanto de la historia de Diadorín, pero Madeleine lo había mantenido ignorante acerca de la carta que había recibido hacía poco tiempo de Brasil y de su alarma, su pánico, su incertidumbre, sus propias cartas, sus averiguaciones en bibliotecas y centros de información y los análisis clínicos que se había hecho a partir de ese momento.

El poder de una mirada, ese sí es poder, le había dicho a su padre al día siguiente de conocer a Diadorín. Pero al doctor Tuto Palma, médico internacionalista y militante del PCC, no le hacían ninguna gracia aquellas bromas en público, carajo, Made, que tal parece que te encanta buscarme problemas y buscártelos tú también. Dijo, entonces, que haber vivido, desde el mismo instante en que la parieron, en un mundo regido, administrado y devastado por consignas inverosímiles, le habían engendrado el gusto por la paráfrasis, por los ejercicios lúdicos a costa de las incitaciones pueriles y ceremoniosas. Su misma madre le había contado, papi, y tú debes recordarlo muy bien porque estuviste presente, que yo nací en el año en que vino Torrijos a Cuba y que a ella le empezaron los pujos y se le rompió la fuente delante de un retrato carialegre del general panameño que estaba junto a otro de Lenin ceñudo, y a otro de Marx barbudo, y a otro de Agramonte elegante, y a otro de Engels desconcertado. Me contó que quería gritar y no podía, a pesar de los dolores perros que estaba padeciendo, porque los ay mi madre, ay Dios mío, ay coño cómo duele esto, se le confundían en la cabeza con aquella cantidad de textos que colgaban arriba, a los lados o debajo de los retratos sobresalientes y que hablaban de la eterna amistad entre Panamá y Cuba, de que Omar, de frente, el pueblo está presente, de que Fidel, Torrijos, de América son hijos, de la gloriosa guerra internacionalista de Angola, de la importancia de los héroes anónimos, de la eficiencia y productividad de los campesinos cubanos, de los acuerdos del Primer Congreso del Partido, de que nuestra ideología nos hacía fuertes e invencibles, de que, por supuesto, el presidente norteamericano era un degenerado hijo de una madre dudosa. Y para que la suma ecuménica de aquellas aseveraciones fuera cabal, había incluso un letrero que decía que un incendio siempre puede evitarse. Le había contado su madre que, tal vez con el único propósito de introducir una nota contrastante, había una enfermera con el pelo teñido, o más bien desteñido, de amarillo, que a cada rato se bebía un trago de algún preparado de alcohol y que exhibía a hurtadillas la etiqueta de una botella de whisky que decía Early Times. To know us is to love us. Demasiadas palabras, papi, y ni siquiera las del whisky, que resultaban las mejores en medio de aquella saturnal semántica, eran las más convenientemente elegidas para ser proclamadas en un sitio al que acuden las mujeres para que sus hijos vean por primera vez la luz del mundo, aunque se trate de la luz engañosa de una sala de hospital.

Con cautela de conspirador, había escondido en la sombra de su propio susto la visita al lugar donde le hicieron una prueba cuya única gracia consistía en que le recordaba cierta melodía de Beethoven. Ya se iba a olvidar de todo para empezar a hablarle a la amiga que le pinchaba la vena y llenaba una jeringuilla con su sangre, de la sordera fatal, de Bettina casquivana, a la que me encantaría parecerme, de los amores inalcanzables, cuando la amiga le dice secamente déjate de comer tanta mierda, Made, y pon los pies sobre la tierra, que esto no es cosa de juego, esto puede ser bien feo, mucho más feo que tener los tímpanos reventados o que sufrir una decepción de amor; fíjate tú si es feo, que es más bien La Decepción del Amor. Además, ELISA no es el nombre de nadie ni la melodía compuesta por ningún sordo famoso; significa, simplemente, Enzime Linked Inmuno-Sorbent Assay.

De todos modos, nadie hubiera podido imaginar jamás tanto señorío en una mirada. Diadorín solamente tuvo que mirarla una vez con sus magnéticos ojos de actor francés, y fue suficiente para que Madeleine le abriera su corazón y pocos minutos después sus piernas. Y eso que ambas cosas le sucedían por vez primera. Pero desde hacía ya algunos años lo venía planeando. Después de la perentoria promesa que se había hecho a sí misma y que de algún modo también estaba relacionada con la picazón, había empezado a concebir el proyecto. Pero no así. Había algo vampiresco en la combinación, era cierto, pero más a lo Catalina Primera, emperatriz de Rusia, que disfrutaba inmensamente de la sangre del prójimo cuando estaba contenida dentro de sus venas y arterias, era roja y se concentraba con empuje en cierto músculo despótico y cautivante, que a lo Isabel Báthory, sobrina del rey de Polonia, que también disfrutaba con efusión del fluido vital de sus semejantes, sólo que con la pequeña diferencia de que lo prefería contenido en su propia bañadera. No quería nutrirse de cadáveres Madeleine ni quería que su propio cadáver sirviera para nutrir a nadie. Incluso se había negado, cuando le llegó la edad de decidirlo, a que en su Carné de Identidad estamparan el cuño mediante el cual el portador consentía en donar sus órganos en caso de muerte súbita. No lo hago por mezquindad, compañera, sino para no tentar al diablo. Entonces, ¿qué había fallado? ¿Quién se había interpuesto en su maquinación inocente? ¿Habían sido, acaso, los monos ingenieros de que había hablado la esposa de Diadorín? ¿O el profeta Ezequiel con sus augurios aterradores, también mencionado por la pobre mujer? ¿O las desgracias de todo género que asolaban su país? No lo sabía. Tampoco lo sabían las oblatas. Mucho menos Tuto Palma. No lo sabía nadie.

En su plan original estaba bien claro que debía despejar únicamente la entrada hacia ese lugar misterioso que ya Cervantes, enemigo declarado de misterios inútiles y trucos de facundia, había designado simplemente como la parte de la piel que confina con el anca. Aunque, bien vistas las cosas, también la expresión cervantina constituía un misterio y disfrazaba una trampa, porque hubiera bastado con decir el culo y todo el mundo de habla hispana hubiera entendido al instante. No había sencillez posible después de haber aprendido a hablar. El verbo, complicado él mismo por naturaleza, había venido a complicar todo lo demás, a pesar de que las oblatas se habían obstinado en decirle que era la luz. Pero decir eso era también un misterio y un truco de las oblatas.

En cuanto a los senderos, pensaba Madeleine que adornados con magníficas rosaledas perfumadas, que conducían hacia las puertas doradas del miocardio, presunto recinto del alma y de los sentimientos nadie sabía por qué, debían de continuar tan clausurados como hasta ahora. Pero la autoridad indiscutible de aquella mirada cinematográfica había venido a trastocarlo todo hasta convertirla en vampira de sí misma y en incesante buscadora de palabras. Tanto se había turbado en el momento en que sus ojos se encontraron con los de Diadorín, que pensé que era un cubano que intentaba hacerse pasar por brasileño para poderse colar en un hotel y dedicarse a tratar de conseguir lo mismo que iba a tratar de conseguir yo.

De eso hacía poco más de un año. Y no fue así como lo proyecté. Hoy hacía una semana (¿o era un mes?) que había recibido aquella asombrosa carta que le había escrito desde su país y en correcto español la esposa de Diadorín. Aquella carta, lo había leído en millones de carteles, iba a cambiar el curso de La Historia. Explicaba la mujer que su marido siempre le había sido tan absolutamente fiel que le contaba hasta sus infidelidades, con lo que dejaban de serlo al instante para ascender al rango de confesiones. Es por esa razón, querida señora, que sé quién es usted, y sé su dirección. Es por esa razón, querida señora, que estoy al tanto del romance que mi marido vivió con usted cuando estuvo de visita en su isla otrora paradisíaca, según me cuentan. Es por esa razón, querida señora, que tengo que admitir que siento envidia de usted. Mi marido solamente tuvo palabras de elogio y de cariño cuando la mencionaba, y hasta llegó a reconocer, en una de esas noches babilónicas en que su apetito sexual era insaciable y enérgico y habíamos hecho el amor cuatro veces seguidas casi sin coger tiempo ni para respirar, que se había enamorado de usted. Pero la historia no era nueva y mi envidia tampoco. Es por esa razón, querida señora, que mi marido, antes de morir, me dio una larga lista de nombres de mujeres (la única cubana es usted, lo que resulta extraordinario si se tiene en cuenta que mi marido pasó tres meses en Cuba, tiempo que, en circunstancias normales, siempre le sobró para llevarse a la cama lo menos a una docena de mujeres, y a algunos muchachos también) a las que quería que yo, llegado el momento, les hiciera saber la noticia de su muerte y qué la había causado. Pues bien, llegó el momento. Mi marido murió el 10 de abril, día en que cumplía treinta y seis años y día también de San Ezequiel. ¿Simple coincidencia? Haría falta averiguar primero si las coincidencias existen, y después si pueden ser simples. San Ezequiel era su Santo. Ezequiel fue un hombre, usted lo sabrá, aterrador en sus amonestaciones y lúgubre y solemne en sus atisbos, pero sensitivo y delicado en sus consolaciones. Ha sido para mí un signo de la Providencia que mi marido haya muerto de esa enfermedad precisamente el día de su cumpleaños y de San Ezequiel. Él siempre me decía (quizás se lo decía a usted también) que el libro de ese profeta era mucho más representativo de nuestra época que el Apocalipsis de Juan, que, en definitiva, lo había tomado todo o casi todo de allí. En muchas ocasiones, mientras nos entregábamos a las expansiones más enloquecidas e inconcebibles, él me decía: «No se apiadará de ti mi ojo, no tendré compasión, echaré tus obras sobre ti y en tu seno tus abominaciones». Pero con toda seguridad que a usted también le citaba esas palabras en medio de expansiones semejantes. Porque desde que regresó de su isla, mi querida señora, fueron demasiadas las veces en las que le escuché decir a mi marido que había tenido el privilegio de visitar en cuerpo y alma el predio de Ezequiel. Más tarde, aproximadamente seis meses después de su regreso, comenzaron a manifestársele los primeros síntomas de la enfermedad. Todo comenzó con unos granitos muy rebeldes en la piel del abdomen y una picazón que ni los mejores doctores de Fortaleza ni los más prestigiosos hechiceros de todo Brasil lograron calmar. Espero que después del diez de abril esa picazón haya desaparecido. El caso es que después de haber pasado cuatro semanas de espantosa agonía, mi marido murió. La causa de su muerte, ya lo habrá comprendido usted, fue ese extraño bichito que al final parece que nos va a matar a todos y cuyo nombre no menciono por superstición. Después de todo, confío en que antes de que el bichito nos liquide a todos, suceda el milagro de que algún científico loco de esos que andan por ahí y que no duermen ni se bañan para no atrasar sus experimentos, sea iluminado por Nuestra Señora de la Asunción y descubra el remedio para el mal. Porque, como comprenderá, después de la muerte de mi marido también yo he corrido con más zancas que una seriema a hacerme las pruebas del caso y ha resultado que sí, que estoy infectada y que si el sabio y la Virgen no se dan un poco de prisa, dentro de poco también voy a irme a vivir, en contra de mi voluntad pero sin sentirme demasiado desgraciada por eso, a ese lugar en el que vive mi marido. Y será la primera vez que yo me reúna con él en uno de sus viajes. Esa es la forma que tienen de vengarse de nosotros los monos ingenieros, mi querida señora, porque a mí no hay quien me saque de la cabeza la idea de que ese bichito es un invento logrado en los laboratorios por esos ingenieros que experimentan con monos. Y nosotros nos vengamos de ellos siendo felices, a pesar de todo. Quizás usted también venga a reunirse con nosotros dentro de algún tiempo. Pero si eso ocurre, mi querida señora, no sería tan de lamentar, que al fin y al cabo es mil veces preferible morir por hacer el amor con intensidad y pasión que morir por hacer cualquier otra tontería, entre las que incluyo, claro está, la guerra, el aburrimiento o el socialismo. Mi marido era un periodista que visitó su isla siendo un socialista fervoroso y regresó de ella siendo un antisocialista incorruptible. Me dijo que su periódico le había pedido una crónica de su estancia en Cuba, y que, si se decidía a escribirla, iba a titularla «Diadorín en el reino de los guaribas». Finalmente, quiero aclarar que si siempre que he hablado de Diadorín en esta carta he escrito mi marido en vez de escribir su nombre, eso no ha sido por presunción ni despecho, sino porque, salvo detalles particulares de carácter más bien geográfico, ésta es exactamente igual a otras casi cien que he tenido que escribir, la mitad para el interior de Brasil y la otra mitad para una buena parte del resto del planeta, este planeta del que, según todo parece indicar, seremos expulsados en breve.

No, no fue así como lo proyecté. Bocarriba y en cueros para poder verse mejor las escoriaciones de la piel, Madeleine se rasca los muslos con las uñas largas y pintadas con esmaltes coruscantes y de alto precio enviados por Diadorín. Lo proyecté y lo calculé todo a mi manera, es decir, a lo que yo pensaba que era la manera mía y que ahora, a lo mejor un poco tarde o tarde del todo, empiezo a darme cuenta de que era la manera de Otro. ¿Y el libre albedrío del que le hablaban las oblatas en la catequesis sabatina? Me convencieron. Creí en él. Las palabras de aquella mujer consagrada sonaban bien, eran dichas con buena intención, persuadían y uno se sentía a gusto al escucharlas, pero tenían un pequeño inconveniente: no eran verdad. ¿O era que yo lo había entendido todo mal? O tal vez se engañaban ellas mismas a propósito. O tal vez Alguien las había engañado a ellas para que pudieran engañarme a mí. ¿Es que siempre tiene que haber alguien en alguna parte entretejiendo la trama y la urdimbre de tu suerte? Empecé a asistir a las lecciones de catecismo después de haber cumplido los diecisiete años y en contra de la voluntad de mi padre. Creo que fue esa la primera y la única vez en que mi padre se opuso enérgicamente a que yo hiciera algo que quería hacer. Pero al final cedió y se dispuso a escuchar mis razones. Se me había ocurrido de pronto la idea de que únicamente Dios no era un manipulador. También papi, a pesar de todo, odiaba ese verbo. Y ahora pienso que me equivoqué. Leer la carta de la esposa de Diadorín me ha hecho suponer que no razoné bien. Si Dios nos hizo semejantes a él, también él es un eterno buscador y un eterno descontento de sí mismo y nada de particular o extraño tiene el hecho de que los habitantes de Sodoma y Gomorra hayan querido metérsela a los ángeles que él envió en un acto de franca manipulación. Eso para no hablar de que Diadorín me aseguró, la noche en que me metí por vez primera en su habitación, que fue, sea dicho de paso, la primera vez que lo hice en mi vida, que él era soltero, que se había enamorado seriamente de mí y que se quería casar conmigo. Y entonces, ¿por qué tanto castigo, antes y ahora? Por qué esta mierda que, según me han explicado, ataca a los linfocitos, especialmente a uno que, para colmo, tiene nombre de tractor ruso: T4. Como si con eso me estuvieran diciendo algo. Al final, todos somos una misma familia, todos estamos unidos por una misma sangre y en una misma casta, pero lo que no decían ellas era que eso ocurría por la vía de los penes, las vaginas y las enfermedades venéreas. Son la sífilis, la gonorrea y la sabandija del linfocito quienes enlazan nuestros parentescos y nos convierten en miembros de un linaje único. Si ELISA significaba lo que significaba, SIDA debe significar Sabandija Infernal Destructora de Alegrías. Pero todo eso he venido a saberlo ahora y tengo mucho miedo. Y estoy tan atontada por haberlo tenido que aprender, que no tengo cabeza ni para sentir ese pánico terrible que sé que tengo.

Muy grave y perturbadora era la expresión del rostro de la amiga suya y enemiga (¿o era amiga también?) de Beethoven. Apenas se le veían los ojos y la boca parecía una media luna turca con las puntas hacia abajo. Tenía en las manos un papelito enrollado como si fuera un cigarro y con él marcaba un ritmo sincopado sobre su mesa llena de manchas químicas y de intimidantes objetos de laboratorio, utensilios de una alquimia confusa, tal vez los mismos que habían usado los monos ingenieros en sus experimentos. ¿Qué había pasado? ¿Había resultado positiva la prueba? Suelta lo que sea, que vengo preparada. ¿Qué dice Elisa, la buena muchacha? Habrá que ir a preguntarle a los muchachos del lejano Oeste. Mejor vas y le preguntas a Bettina. ¿Me sentenció al patíbulo? Hay dudas, Made, la buena Elisa a veces no aporta un diagnóstico claro o definitivo, pero parece que algo hay. En un libreto radiofónico, aquí habría que poner una nota musical aguda y tensa, capaz de erizarle los pelos al oyente. Habrá que hacerte otra prueba más especializada. Ojalá y esa al menos se llame Beatriz, o Eloísa, o Julieta. No, no, el nombre de esta prueba tiene mucho más que ver con una película de vaqueros: Western Blot. Quiera Dios que la protagonice Clint Eastwood, sheriff de Borrón City. No entendía la amiga cómo estaba todavía para bromas Madeleine, ¿no tienes miedo, Made? No te creas, me estoy cagando. Pero no me entero. Y ni siquiera las oraciones que con tanta tenacidad me enseñaron las oblatas me ayudan en lo más mínimo. Supongo que sea a causa de que la gente de mi edad no conoció a Dios durante la niñez y la adolescencia y ahora necesitamos oraciones nuevas, porque las oraciones de siempre, que no fueron aprendidas a su debido tiempo, no nos dicen nada. Son simples juegos de palabras. Ya sabía que el verbo lo complicaba todo. Llegamos tarde a Dios y a los poetas jóvenes no les interesa escribir nuevas plegarias que tengan algún significado para nosotros, suponiendo que eso sea posible. Llegamos tarde a Dios y nos quedamos sin historia individual. Creo que si a veces mi propio miedo me resulta un poco indiferente o ajeno es porque no es el miedo de nadie. No soy nadie. Si algún día, antes de morirme, me diera por contar la historia de mi vida, parecería que estoy contando la historia de todo el mundo. Quizás por eso estemos ahora todos corriendo con más zancas que una seriema hacia las iglesias. No entendía la amiga (¿o enemiga?) de Beethoven lo que decía Madeleine. ¿Qué coño eran zancas de seriema? ¿Se estaba volviendo loca? No, no, yo me entiendo; en el reino de los guaribas, lo mejor será que cada cual trate de entenderse a su manera. ¡Y dale! Es que nuestros padres nos prohibían entrar en las iglesias por miedo a buscarse problemas. Hasta el bautismo se había convertido en un acto de conspiración y clandestinidad. Muchos hemos venido a bautizarnos después de adultos y porque nos ha dado la gana y al carajo con lo que piensen o dejen de pensar los todopoderosos.

Vas a terminar dando sermones en una iglesia. Yo no puedo; yo sigo sin encontrar las palabras que yo sienta que me comunican con el Jefe, y de hablar y escuchar mierda estamos todos hartos.

No obstante, Mariana Alcoforado, la Avellaneda, San Pablo, Moses Herzog y todos los grandes maestros epistolares descendieron a partir de entonces a la categoría de novicios. Invadió al mundo de cartas transidas, redactadas, desde luego, con esas mismas palabras turbias y enredadoras que decía abominar, en busca de información y consuelo. Escribió a los laboratorios Hoffman-Laroche, de Suiza, a Merck, de Estados Unidos, a Hoechst, de Alemania, a Glaxo, de Gran Bretaña; le escribió cartas tan personales y dramáticas que parecían íntimas a las más diversas personalidades científicas, políticas, religiosas y sociales; a Robert Gallo, a Reinhardt Kurt, a Boutros Boutros Ghali, a Juan Pablo II, a la Madre Teresa de Calcuta, a Magic Johnson, a los familiares de Rock Hudson y de Freddy Mercury y a otro montón de nombres más o menos conspicuos. Pero todavía no había tiempo siquiera de que esas cartas hubieran llegado a su destino, en el caso de que llegaran, y además, ya ella se había olvidado de que las había escrito y no le interesaba en lo más mínimo que se las contestaran o que se perdieran por esos aires o mares de Dios. Sus cartas, y las posibles respuestas que pudieran tener, pasaron rápidamente a ser nada más que palabras, es decir, ardides infructuosos.

Las uñas barrocas rascaban el bosquecillo perfectamente triangular, ideal para que un decolorado profesor de geometría explique el encanto de triángulo isósceles. Las yemas de los dedos palpan la lengua trunca; de seguro que originalmente fue una navaja bífida que alguien mutiló. ¿Habían dicho eso las oblatas en las tardes de sábado, cuando el calor era tan insoportable que hasta la mirada candorosa de la virgen de Fátima se tornaba levemente aviesa? No, no, jamás. Eran mujeres inteligentes y prácticas que rechazaban transitar por laberintos malsanos. La mano completa agarra a lo macho la forma geométrica y acolchada y Madeleine dice qué gran mierda me hiciste, me traicionaste, bollo puto, la cagaste, cabrón; me jodiste, y de qué manera.

Simplemente, el tiro le había salido por la culata. ¿Sabía alguien de dónde habían salido la ingeniería genética, la biotecnología, la guerra bacteriológica, los monos verdes, los accidentes, el diablo? ¿Sabía alguien algo de algo? Comprendió que a lo más que podía aspirar era a las estadísticas. Tenía que conformarse con el catastro comparado de tierras y almas. Catalina primera sabía lo que hacía cuando vendía las fincas con la gente adentro. Era lo mismo. Había que contentarse al suponer que la estadística de exactitud aritmética, cuando no se confundía con el pregón estraperlista, que era todavía peor que la ignorancia, la convertía en una criatura muy enterada y muy sabia.

Pero ni siquiera sabía de dónde provenía el mal. Y tampoco tenía la menor idea acerca de la persona, lugar o cosa que originaba el bien. Suponiendo que el bien y el mal existieran en realidad. Pero ahora la picazón inclemente, tal vez la misma que había padecido Diadorín y de la que sólo se había librado con la muerte, la obligaba a rascarse con fiereza y la inducía a suponer que los polos maniqueos eran una simple pirueta del razonamiento y que el mundo no era caótico pero sí ridículo, o cuando menos aturdido. Y si su madre o su padre lo dudaban, ahí estaban la picazón y las cortinas para apoyarla.

Rascarse de aquella manera le producía graves lesiones en la piel. El vuelo del alma en pena cinematográfica de las cortinas le erosionaba la memoria.

El escocimiento y las colgaduras la conducían a la verdadera cita con Diadorín. El encuentro en el hotel había sido una simulación; el proyecto trocado, el desfloramiento, el júbilo, el placer, el agradecimiento y el amor, una falacia. Ya no tenía la menor duda de que aquel prurito vandálico e incurable era causado por cierto sarcoma húngaro que venía a hacer de heraldo de su propio viaje para reunirse con él, para conocerlo sin embustes. Y en cuanto a las cortinas, le habían costado a él mucho dinero, allá en su estado brasileño de Ceará, más exactamente en su natal Fortaleza de Nova Braganza, y ahora servían, cosa que jamás sospechó el comerciante que se las vendió a Diadorín, para darle al interior de la habitación de Madeleine, en Camagüey, Cuba, esa atmósfera fumosa tan a propósito para soportar con cara de mártir sumiso los dolores verdaderos o imaginarios y las torturas mórbidas que padecían las criaturas femeninas de don Miguel del Carrión al ser instaladas en medio de una escenografía del ICAIC. Resultaban también adecuadas la picazón tenaz y las cortinas de fino brocado batidas por la brisa, para pensar en las promesas nunca cumplidas por culpa de la adversidad, de los rigores del destino o de la perversidad de la inteligencia.

La jugarreta de estos dos elementos combinados tenía, como todas la jugarretas del mundo, su historia, pero ya le había dicho ayer a su padre mira, papi, no soporto las historias, La Historia. Y cuando su padre le dijo estoy harto de que los jóvenes se pasen todo el tiempo creyéndose que lo único que importa es el presente y no quieran sacar experiencias del pasado y proyectar el futuro, ella le respondió no seas bobo, papi, que el pasado y el futuro también son historia. Mira, papi, Diadorín vino del Brasil y yo me enamoré de él, me enamoré de verdad, me emperré, y no hay que ir más atrás ni más adelante con eso, porque entonces resultará que yo soy cubana, descendiente de españoles, que Brasil fue inicialmente colonia de Portugal, que Portugal y España están juntos en la punta de una misma península, que se disputaron hace como mil millones de siglos el dominio de los mares, que los españoles fueron los primeros en llegar a Cuba y gracias a eso se conoció en esta isla, junto con los Evangelios, la sífilis y aprendieron a ladrar los perros. De todas maneras, Madeleine, hace falta ovillar la madeja, aunque no sea más que para darle un poco de orden a la cabeza. Sí, papi, pero es que la madeja de mi picazón y mis cortinas es tan larga y embrollada que hay que ser comemierda o propagandista para intentar ovillarla. Mi madeja, papi, es una venganza, la venganza de los monos ingenieros de que habla una curiosa amiga mía. ¿Será esto el sarcoma de Kaposi, papi?

En su vida de profesional trotamundos, Tuto Palma había tenido delante de los cristales de sus espejuelos elegantísimos superficies epidérmicas de todos los colores y texturas y había diagnosticado las causas y recetado tratamientos (ortodoxos, alternativos o falaces) para la más variada compilación de ronchas, cardenales, escoceduras, mordidas de alimañas, úlceras, abscesos, postillas, llagas y otras mil lesiones cutáneas; es decir, aquellos espejuelos distinguidos sabían lo que veían. Y no era para menos. La competencia profesional de su dueño podía ser puesta en duda; eso sería una injusticia y nada más. Pero la dignidad y magnificencia de los ideales que lo habían llevado a él a andar y desandar mundo y medio, gracias a lo cual había adquirido aquellos espejuelos, era algo indiscutible. Era verdad que aquellos ideales dignos y magníficos se habían asentado sobre la tierra, al menos en teoría, hacía más de un siglo; era verdad que él, en el fondo, con aquellos viajes que le asignaban solamente aspiraba a ganarse el derecho a poder comprar un automóvil soviético a su regreso y traer algunos trastos y cachivaches para su casa y su familia, pura porquería occidental, malignas invenciones del ingenio enemigo; era verdad que ahora daba la impresión de que nada de eso era así, pero había que morir al pie del cañón, Madeleine. En cuanto al color del automóvil soviético, no había tenido suerte, él lo quería azul oscuro, pero ese color se había instituido en los medios oficiales como azul diplomático y era tan difícil de conseguir que tuvo que conformarse con un auto blanco refrigerador. Sin embargo, con los espejuelos le había ido mucho mejor. Aquellos lentes tan airosos se los había regalado en Nicaragua un alto funcionario del gobierno sandinista a quien él le había curado como por arte de brujería una especie de urticaria que le había aparecido después de un atracón de langostas thermidor. El funcionario agradecido, ya eliminada la comezón, le regaló al camarada cubano aquellos espejuelos de lujo. Fueron comprados en New York, doctor Palma, en la misma casa y de la misma prestigiosa marca que los que usan Daniel Ortega y toda su familia. Carísimos. Y era evidente que unos espejuelos así tenían que saber diferenciar forzosamente entre un volteriano sarcoma húngaro y un ácaro sedicioso y trivial. No, Made, hijita, eso que tienes no es ningún sarcoma de nadie ni cosa que se le parezca. Para mí que se trata simple y llanamente de una escabiosis, o, dicho de otra manera, de una vulgar sarna. Y no te sorprendas ni me mires así, que, desgraciadamente, la sarna y los piojos nos están dando muchos dolores de cabeza y están a la orden del día. ¡Sarcoma de Kaposi! ¡Vamos, Made! No sé de dónde has podido sacar una idea así.

No sabía por qué Madeleine, pero los espejuelos de su padre, que convencían de modo terminante a todo el mundo, a ella la dejaban indiferente; es más, desconfiaba de ellos. Estaba decidida. A la mañana siguiente visitaría el Palacio Amarillo.

Quería conocer el lugar por dentro y por fuera. Quería estar preparada para enfrentarse a su suerte. Lo malo era que el Palacio Amarillo estaba muy lejos, bien en las afueras de la ciudad, y no había transporte. Hasta el mismo personal profesional y técnico que allí trabajaba pasaba las de Caín para llegar al lugar. Pero no importaba. Caminaría y se acordaría de la linda cara y los ojos tramposos de Diadorín. Tal vez con un poco de esfuerzo adicional, hasta lograra acordarse durante el largo trayecto de lo feliz que fue cuando hizo el amor con él por primera vez en su vida. A pesar de que entonces me propuse no sentir nada, sentí tanto que él se creyó que estaba fingiendo. Tenía que saber qué aspecto tenía el lugar, además de estar pintado de amarillo, al que la conducirían Sodoma, Gomorra, los ingenieros, los monos, las estadísticas, san Ezequiel, el final del segundo milenio de la era cristiana.

Mientras caminaba, no recordó ni un solo segundo la mirada cautivante de Diadorín y anduvo todo el tiempo, en cambio, por los laberintos pedregosos y polvorientos del relincho grosero de sus días de penuria y perplejidad. Hubo algo de caballo de Picasso, entonces, en aquel clamor enajenado. Había resistido sin tragar saliva y sin laceraciones ver a su madre, cultivada y con un salario elevado, hacer pudines a base de pan, leche, huevos y azúcar prieta que compraba en el mercado negro. Aquellos pudines, cortados en cuñas, los vendía, a través de una enfermera, en el hospital donde trabajaba su padre, y aseguraba así un dinero extra, superior a lo que ganaban ella y el marido juntos, que le permitía comprar más pan, leche, huevos y azúcar prieta para volver a hacer más pudines. Pero siempre había alguna ganancia que permitía comprar arroz o carne de carnero, que la de cerdo era grasienta y más cara y la de vaca la exponía a sanciones de una severidad faraónica. Había sobrellevado sin aflicción ni rubor ver a su padre, especialista de tantos años, hacer de taxista clandestino y solícito para ganar algunos dólares que permitieran comprar jabón en las tiendas estatales para divisas, únicas en las que se podía adquirir jabón en aquella moneda que no ganaba nadie; y, si las cosas iban bien y aparecía algún viaje con extranjeros a La Habana o a Santiago, podían comprar también alguna ropa. Gracias a esos viajes furtivos Tuto Palma no carecía de jeans ni ella y su madre de ropa interior. Había visto sin pestañear siquiera a la madre descuartizar una silla del juego de comedor para disponer de leña con que cocinar una comida que ni para cochiqueras. Había visto a su padre estudiar de noche a la luz de un mechón de queroseno, tan humeante y apestoso que le reventaría los pulmones a un mulo; lo había visto, a la luz del mismo mechón, remendar por centésima vez los zapatos que había traído hacía no sabía cuántos años de ya no se acordaba qué país, porque si gastaba los dólares ganados en la última correría subrepticia a Varadero en un par de zapatos nuevos, iban a tener que privarse ese mes de cosas más urgentes. Había permanecido impávida cuando, sentados los tres a la mesa, escuchó a su padre decir todo esto es una gran mierda; me siento estafado y me imagino cómo deben de sentirse ustedes. Pero es preferible, para la salud mental y para la integridad física, suponer que uno ha sido víctima de una utopía y no de una mariconada. ¿No sabían que en agosto de 1918, hará noventa años dentro de poco, en una carta escrita por Lenin a los obreros norteamericanos y publicada en *Pravda*, el hombrecillo del Kremlin aseguraba que en cada dólar se ven huellas de lodo y que en cada dólar hay manchas de sangre? Pero yo me monté en el carro, ayudé a que caminara, y ahora no me queda más remedio que seguir adelante hasta que reviente. Y en definitiva, hemos comprado tanto jabón y detergente con los dólares, que ya hasta los hemos lavado y puesto a secar al sol. De modo que ya lo saben las dos, de la puerta de la calle para afuera, socialismo o muerte, o nos joden bien jodidos; de la puerta para adentro, pueden pensar, decir y hacer lo que les dé la gana, siempre que eso suceda sin que se oiga afuera. Y si por casualidad lo que piensan, dicen o hacen es gracioso, no me excluyan, a ver si yo, al menos en mi casa y con mi familia, me puedo reír. Pero lo que sí no pudo pasar Madeleine fue ripiar sábanas viejas para tener almohadillas que colocar en el vértice del triángulo isósceles los días cruentos de cada mes. Pudo con todo, con la indigencia material, con las dobleces del padre, con las presiones satánicas que ejercía el principio de autoridad sobre el propio arbitrio hasta en los detalles más nimios y personales. Pero no pudo colocarse un trapo viejo entre las piernas. Y para colmo, había visto a su madre lavar trapos semejantes para volverlos a usar, porque la reserva de sábanas viejas había sido agotada. No, mamá, mami, mamita, no hagas eso, por favor; absolutamente nada en este mundo justifica que tú hagas semejante cosa; piensa que el hombre más bueno de la tierra, el más enamorado, el más tolerante, el más indiferente, si ve a su mujer lavando esos trapitos, la tiene que odiar sin misericordia a partir de ese momento y para siempre. Es demasiado, mami. No vivimos en catacumbas. No estamos en guerra. Basta ya. Era demasiado. Tenía que casarse con un extranjero que la llevara a un país donde por lo menos pudiera comprar todos los meses un paquete de compresas. No importaba que se tratara de un país con un índice muy alto de criminalidad, con un elevado consumo de drogas, con nieves perpetuas, con todo el repertorio diabólico de la injusticia social, con hambrunas, con dictadores o reyes o presidentes o emperadores o lo que fuera, con racismo, xenofobia, prostitución, con venta de órganos humanos, con genocidios. No, nada tenía importancia con tal de que ella pudiera comprar todos los meses un paquete de compresas. Si le aseguraban que en el Haití de la depauperación y los Tons Tons Macoutes, en la Ruanda de las masacres bárbaras o en el Polo Norte de los pingüinos y los osos polares podría resolver este gravísimo problema de significación cósmica, allá se iría sin pensarlo dos veces. Y como el único modo de lograrlo era casándose con un haitiano, un ruandés o un esquimal, me prometí a mí misma que lo conseguiría.

Pero su buena estrella, que ahora parecía mala, había puesto a un brasileño de ojos cautivantes, cuerpo de atleta y nombre de personaje de gran novela en su camino.

La primera vez que se vio desnuda al lado de Diadorín, también desnudo, en la habitación de un hotel, no le pareció que se trataba de dos personas desnudas, sino de dos personas que habían asistido a un baile de disfraces disfrazadas de criaturas desnudas. Sin embargo, media hora más tarde estaba perdidamente enamorada y hubiera podido pasar el resto de su vida lavando trapitos menstruales con tal de permanecer al lado de aquel hombre dulce y amante magnífico. Claro que, de haber ocurrido así, ella se hubiera cuidado mucho de que jamás él la viera realizar la faena higiénica y onerosa. Sabía que si Diadorín la veía hacer tal cosa jamás volvería a ser penetrada por él con aquella energía y aquel entusiasmo susurrante; jamás volvería a sentir sobre sus muslos y su pezones aquellos besos tan delicados que parecían ingenuos; jamás volvería a escuchar de sus labios risueños aquello de ¿Made? ¿Tú nombre es Made? ¿Made in dónde? Made in paradise. Made in the glory. Made in my heart. Made in Cuba, the guariba's land, guaribita rica mía, monita peluda de mi corazón.

Un año después del relincho picassiano, apartaba a manotazos el mosquero que le revoloteaba en la cara. El voto desesperado, salido de algún lienzo extemporáneo e impropio, había sido cumplido sólo a medias, o tal vez no había sido cumplido en lo absoluto. ¿Quién podría saber eso con exactitud? ¿Qué coño era la exactitud cuando se trataba de los problemas de la gente? Por eso no importaba que ahora tuviera que andar a pie el largo camino que había desde la Circunvalación Norte hasta el Palacio Amarillo. No importaba que hubiera tenido que caminar, antes, la calle interminable entre casuchas deplorables y talleres dudosos. No estaba agotada por aquella caminata marginal en la que había tenido que escuchar requiebros de una grosería y de una lascivia antologables. Tampoco importaban demasiado las moscas. Ni siquiera tenía mucha importancia que un perro sarnoso se hubiera obstinado en hacerme compañía, hermano perro, que bien jodidos que estamos los dos para andarnos con melindres.

Aunque decir que nada de eso importaba era una especie de juego, hermano perro, de argumentación para una coreografía ritual, dear brother, porque sí importaba. Pero también las jerarquías de las coyunturas del destino eran ostentadas por figuras de un baile de máscaras, my dog, tanto como lo habíamos sido

Diadorín y yo la primera vez que estuvimos juntos y desnudos, ¿lo recuerdas, perro sarnoso?

La promesa misma había tenido algo que ver contigo mismo, es decir, con mi propia imagen de un año atrás, tan diferente y tan igual a mi imagen de ahora. Pero cuando eso, todavía no había conocido a Diadorín, aunque ya él se encontraba en Cuba, camino de encontrarse conmigo en la puerta de un hotel, y yo ya me había prometido a mí misma que lo conocería para poder asistir al próximo baile de disfraces disfrazada de Raisa Gorbachova o de Carolina de Mónaco o de Diana de Gales. Y no es que hace un año una patriótica milicia de Sarcoptes Scabiei hubiera tomado posesión, en nombre de los ideales y los sueños, de su demarcación cutánea, cosa que, aunque no lo sabía, era lo que estaba ocurriendo ahora, sino que por aquella fecha su aspecto general se había deteriorado mucho y su peso corporal se había reducido considerablemente a causa de la confabulación de circunstancias demenciales y de una obstinación aun mayor que la del hermano perro sarnoso que ahora se empeñaba en seguirla. Y tan jodido estás, querido mío, que ya nadie puede saber siquiera cuál fue tu color original. Tampoco está muy claro el mío.

La enemiga de Beethoven (¿o era su gran amiga?) había tratado de disuadirla de hacer aquella visita. Era ella misma quien había bautizado el sanatorio especializado con el nombre de Palacio Amarillo, no por nada especial, como la mención de un color tan acongojado podía hacer suponer a cualquiera, sino por la simple coincidencia de que las edificaciones que componían aquel sitio estaban pintadas de ese color. Pero Madeleine se había encaprichado en ir de todas maneras y encontrar no sabía qué signo hermético en aquellos muros de jalde. Quiero ver cómo es eso, cómo se vive allí. A lo mejor tengo que mudarme y padecer en ese lugar, hasta el final, eso que la esposa de Diadorín definió como una tontería mejor que otra cualquiera y tú como La Decepción del Amor.

El pase de revista defraudó las expectativas de una teatralidad conmovedora. Ni heraldos con luengos clarines, ni espadachines ni embajadores. No hubo brumas flamencas ni paisajes afligidos. Ni siquiera retratos de mártires ni carteles con consignas encendidas. Solo vi un sanatorio que parecía un motel campestre o tal vez una gran casa de vaquería, y unos pocos enfermos que parecían personas sanas. Hasta el perro sarnoso, el hermano perro, no supe cómo ni cuándo, desapareció. Pero había allí otra cosa. Amarillo viene del latín *amarellus*, derivado a su vez de *amarus*, que quiere decir amargo. ¡Otra vez la zancadilla de las palabras! Pero ese aspecto inocente y bucólico ideal para que allí corretearan Dafnis y Cloe con las vergüenzas al aire, el sonido de los pájaros, las ovejas pastando, ese olor único a yerba fresca, la abatieron mucho más que si hubiera puesto los pies en el mismísimo infierno abrasador o que si hubiera sido castigada sin compasión por las ásperas profecías de Ezequiel. No iba a vivir allí un solo segundo. No lo haría. Decididamente no.

Volví a preguntarme como por millonésima vez en mi vida si sería verdad que siempre tenía que haber alguien en alguna parte entretejiendo la trama y la urdimbre de mi suerte. Porque no fui yo quien tomó la decisión. La buena estrella, que después había sido mala, ¿volvía ahora a ser buena? ¿O fue Clint Eastwood, sheriff de Borrón City, quien con su larguísimo revolver mató a tiros a los monos ingenieros para de ese modo frustrar su plan de venganza? Probablemente no se batió a tiros, pero presidió un tribunal de vaqueros. Decidieron absolverla los muchachos del Western Blot. Gracias a Dios. Esta noche me tomo una botella de ron yo sola. Mordiendo con saña fingida la colilla de un tabaco, tal vez el mismo tabaco de utilería con el que su amiga, la enemiga (¿o era también amiga, definitivamente?) de Beethoven, marcaba un ritmo sincopado sobre su mesa de alquimista, el sheriff pronuncia las palabras salvadoras, palabras que por vez primera no eran un misterio, un truco, un ardid ni un hostigamiento proselitista, palabras que quizás fueran la oración que por desconocimiento y no por perversión de la voluntad no le habían enseñado las oblatas, la plegaria que hasta hoy no habían escrito los jóvenes poetas, y que ella, en vano, había buscado afanosamente para comunicarse con el Soberano de Todas las Biografías, Señor de Todas las Estrellas, Monarca de vampiresas, cowboys, reinas locas, redactores de consignas, extranjeros de mirada magnética, padres resignados, madres sufridas, de ella misma y de todos los demás actores de un elenco absurdo; fueron solamente dos palabras las que pronunció el sheriff de Borrón City, testaferro del Soberano: Not guilty, no culpable.

Santísima madre de Jesucristo. No lo puedo creer. El dictamen se tomó su tiempo y Madeleine soportó las ansias crecientes durante todos esos días con una combinación inexplicable de pavor e indiferencia. Hasta que apareció la amiga de Beethoven con el veredicto de los vaqueros. No estaba infectada, no estaba enferma. Los elegantes espejuelos newyorquinos de Tuto Palma, regalo de un alto funcionario sandinista, tampoco se habían equivocado esta vez. La sarna era fea, es verdad, papi, pero más fea era la perspectiva de ir a hacerle compañía a Diadorín y a su esposa, donde quiera que estuviesen ahora, a pesar de los ojos de soneto ilustre de él y a pesar de lo mucho que lo quise, de lo limpiamente que me enamoré de él y de lo mucho que disfruté a su lado en los dos meses escasos en que fui su mujer.

Tuto Palma, siempre negado a ser un padre de la Grotte des Enfants, había logrado conseguir en el hospital un frasco de algún medicamento idóneo para la escabiosis, pero prefería curar a su hija con un aceite recuperado del carter de su Moskovich blanco, semejante a un refrigerador Minsk o a una lavadora Aurika. Embadurnaba a Madeleine de pies a cabeza con aquella oleaza oscura y maloliente, mientras en la cocina la madre hervía en la hornilla eléctrica, regalo de Diadorín, las sábanas y la ropa. Como estaba decidido a sonreír dentro de su casa, hacía grandes aspavientos para no salpicarse de aceite inmundo el jean nuevo y dijo hemos atendido en Cuba a los niños de Chernobil mientras la isla se convertía en Sarnobil, Made. ¿Made in dónde, papi? Made in Cuba, Madeleine.

El winchester de Durero

Este señor que fuma y fantasea
sobre una barca de ternura herida
es un don Juan que sueña en la salida
al mar, cuando se calme la marea.

Emilia Sánchez

A Marcela

No sabría decir a quién te pareces más ahora, pero la cosa está entre Bette Davis y Meryl Streep. Tanta teatralidad para nada. El asunto es bien fácil, Adelaida, y no tienes que sufrir por eso; solamente tienes que mover hacia atrás tu dedito precioso y ya está. Y no pretendas sermonearme, aleccionarme, guiarme. Dispara, cabroncita, anda, dispara.

Quiero volver al camino del reencuentro; quiero recibir mi lluvia de oro. Eso es todo. Me ha llevado años de afanes extraordinarios, de dilatadas pesquisas semánticas y metafísicas, llegar a una conclusión tan simple. Solamente doce palabras en dos combinaciones de a seis cada una, palabras de significado claro y acostumbrado y ya está dicho todo; está revelado un destino que hasta entonces parecía equívoco y turbio; están confesados una aspiración y un proyecto, Adelaida. Y para lograrlo necesito que tú tengas los cojones suficientes para disparar. Bueno, está bien, los cojones no, los ovarios; ¿es que de verdad es tan grande la diferencia?

Dispara, Adelaida, no tengas miedo, que no se te trastorne la conciencia por semejante mierda; piensa que todas las gracias y desgracias superlativas de este planeta han estado decididas siempre por un disparo. Acuérdate del Big Bang, de Sarajevo, de Hemingway, hasta de Chivás, qué sé yo. Si es que creo que hasta las palabras del arcángel Gabriel tienen que haberle sonado a María como un disparo. Ánimo, combatiente, que yo no te miraré más, no comeré, no beberé, no fumaré, no cagaré, no singaré jamás, pero, sobre todas las cosas, no seré el Humphrey Bogart de esta película, ni siquiera el espectador orteguiano. El filme muy bien podría titularse Energía excremental, o Cagajón desencadenado, o algo así, con música de Ennio Morricone, por supuesto. Y por mí no te preocupes, que yo viviré, pero solamente en el sueño, en las fragancias trasnochadas, en los ritornelos lacrimosos, en la cifra ridícula del hado mío, en la misericordia y el olvido. Dispara, mamichuli.

Allí, en la parte alta del closet del baño, en medio de las cucarachas, las arañas, los ciempiés y toda una vastedad de bichos y alimañas, está guardada la escopeta de papi. Hace ya casi diez años que reposa ahí, muda y glacial, ejerciendo sobre mí el poder de una rememoración mitológica e insinuante, sin frontera posible entre la realidad y el sortilegio.

Adelaida, en la mitad de la travesía del poeta, dice con voz de oración matinal que tras el vivir y el soñar está lo que más importa: despertar, y se levanta para entornar las persianas porque, aunque la única ventana da hacia el poniente, la claridad del amanecer empieza a colarse dentro del cuarto y no la deja dormir a plenitud, a pesar de tratarse de una claridad húmeda y calurosa, augurio, como todos los días anteriores, de chaparrón prematuro, aun cuando todavía faltaran dos semanas justas para la primera gota de primavera. Qué tontería: confundí aquel fulgor sofocante y acuoso con los murmullos de Rodrigo. De regreso a la alcoba del palafito la picaron los mosquitos en el dorso de ambas manos y se sintió una criatura condenada, por mujer, por insular, por cubana y por cuatro cosas más, a un sino irremediablemente lacustre y execrable, sentenciada a mirar el resto de su vida la reproducción de un grabado de Durero que Rodrigo había pegado en el espejo de la cómoda la semana pasada. ¿Por qué encima del espejo, Rodrigo?

Pregúntaselo a Durero. Anda, pregúntaselo a él, que ha sido testigo, cómplice, confidente, hermano. Claro que hay otros que también lo saben: Tiziano, Van Dyck, Correggio, Rembrandt, sí, y todos los que han pintado su versión de Dánae. Y Klimt. ¿No te enseñé una vez una reproducción de la Dánae de Klimt? Era como tú, una vulva dentro de otra vulva. ¿O como yo? Sí, como yo mismo, ¿qué te crees? Así y todo, tan machangón, tan peludo, tan dispuesto siempre a trotar por caminos inciertos, pudiera ser muy bien la melindrosa hija de Eurídice, a pesar de que Durero nunca me pintó.

San Jerónimo está al fondo, afanoso y barbudo, anciano venerable, con su aureola de albor patrístico iluminándole la calva, entregado a sus quehaceres de traductor; delante, echados cómodamente sobre el entarimado, duermen el lobo y el león. En el antepecho de la única ventana, sonríe una calavera desdentada. ¡Solavaya! Cuando Adelaida observa más detenidamente en busca de signos hasta ahora incógnitos, descubre que sólo el lobo duerme, o aparenta dormir, y que el león, sin que ella pueda imaginarse por qué, mira algún punto extraviado en los espacios inmensos de la piedad y la tolerancia. Era un grabado minucioso y perfecto, trabajo de sensibilidad, inteligencia, bondad; de belleza; de talento, inspiración y paciencia; grabado que nunca debía ser pegado encima del espejo en el que uno tiene que verse obligatoriamente la cara varias veces al día. Pero estas eran las cosas que hacía Rodrigo desde que había empezado a dejar de quererme, porque ella estaba segura, eso sí, de que ya Rodrigo no la quería, y como no se atrevía a decírselo para no lastimarla, pegaba aquellos avisos de artificio encima de los espejos. Ayer mismo, sin ir más lejos, había tratado de pegar, en el espejo del botiquín del baño,

El Caballero, la Muerte y el Diablo, pero ella se había resistido y le había asegurado que si hacía semejante cosa iba a empezar a dar gritos como una loca y después iba a destrozar el espejo a batazos con el pequeño bate que usaba Oli para jugar a la pelota en el jardín.

Escucha, Adelaida, cierra los ojos y escucha. Es Antonio Carreira y su Fantasía en do. No me compres el alma, Adelaida. No me cortes las manos. No me saques los ojos. Todo eso me lo han hecho ya. Yo también soy un héroe. ¿No queríamos un país de Héroes, un país de Gigantes? ¿No queríamos un país de Vencedores? Pues yo también soy un Vencedor porque también soy un vencido. Y si no lo crees, pregúntaselo a Durero; pregúntaselo al winchester de papi. Nos estafaron, Adelaida, nos embaucaron con el pregón.

Cuando acababa de acostarse nuevamente, sonó el viejo despertador soviético marca Vityaz, de los tiempos en que aquel país existía y se había convertido en nuestra madre nutricia hasta para los despertadores de sonido impío. ¡Ay, mi madre querida, cuándo llegará el día en que yo pueda dormir la mañana en paz! Estaba amodorrada, pegajosa, contrariada, con la saliva espesa y un humor de perro tonto. Silenció el reloj de un manotazo y con la otra mano intentó hacerle una caricia a Rodrigo, pero ya Rodrigo no estaba en la cama. ¿Qué estaría haciendo ese loco levantado a esta hora?

Se levanta y quita el mosquitero con mucho cuidado para que no se rompa más de lo que ya está. ¿Y de dónde carajo iba a sacar ella otro mosquitero? Aquel señor de Milán se había brindado para regalarle cualquier cosa, lo que ella quisiera, no importaba el precio; ella había sido amable, profesional y competente. En tres viajes a Cuba, nunca había encontrado una guía turística que se desempeñara con tanta diligencia. Le iba a obsequiar, sin compromiso alguno, lo que ella eligiera. Eligió un jean para Rodrigo porque mosquiteros no había ni para extranjeros de bolsas robustas. No obstante, el buen señor prometió enviarle un excelente mosquitero de tul, digno del baldachino de una princesa, desde un lugar tan remoto como la capital de Lombardía.

Íbamos juntos a cazar y esa era la escopeta que usaba papi para matar guineos y yaguasines en los arrozales de Vertientes, muy próximos a las costas fangosas del sur. Allí éramos personajes homéricos gracias a la patraña de los feroces caimanes y cocodrilos que nunca llegamos a ver más que en la propaganda gráfica de los machetes Collins.

Después que papi murió de aquella muerte que no era la suya y después de haber vivido durante los últimos años de su existencia una vida que tampoco era la suya, quise seguir yo con aquellas cacerías, pero las autoridades encargadas de esa tramitación me lo prohibieron. Sabían que prohibir, no importa lo que se prohíba, es siempre el indicio mayestático de todas las inquisiciones, y me lo prohibieron tajantemente, siempre eficaces y celosos guardianes, y me dijeron que tenía que entregarles a ellos las armas de mi padre. Medio en broma y medio en serio y cagándome de miedo, se me ocurrió decirles que desde que yo era un niño venía oyendo decir que en este país las armas estaban en manos del pueblo. ¿Acaso yo no era parte de ese pueblo? Y si no lo era, ¿Qué carajo era? ¿La cagada de una tiñosa?

De la cocina llegó un ruido de jarros y cacharros. Uno de aquellos cacharros, posiblemente el jarro de la leche, acababa de caerse al suelo y había metido una bulla de aquelarre; diez mil demonios esforzados andaban sueltos por la cocina, correteando como ratas de un lado a otro, creando el caos primordial, y con toda seguridad habían despertado a Oliverio. Pobre Oliverio, le daba pena verlo con esa fiebre tan alta que tenía desde ayer, y ahora, para colmo, podía haberse quedado sin leche. ¿Por qué haces todo eso, Rodrigo?

No sabía por qué hacían eso los muchachos valerosos y confiados que lo atendían, pero supuse que temían que yo intentara alzarme en armas en los arrozales de Vertientes y tratara de hacer una revolución armada para tumbar otra revolución armada. Me eché a reír y el oficial que se ocupaba de mí, un mulato aparatoso con figura de Salvador Golomón en una carroza de carnaval municipal, se molestó y me preguntó si yo era comemierda o qué. Andaba entre los nuestros diligente / un etíope digno de alabanza, / llamado Salvador, negro valiente, que me dijo que debía de saber yo, infeliz, que con armas como esa y todavía peores había sido asaltado el cuartel Moncada aquel histórico, glorioso, necesario y otra vez histórico 26 de julio de 1953. Yo lo sabía, claro; pero lo que no sabía era qué coño tenía que ver una cosa con la otra. Tal vez el hijo de Golomón, viejo prudente, tenía razón y yo no era más que un comemierda, pero comemierda y todo, también me molesté y de las tres escopetas que tenía mi padre solamente entregué dos y declaré que la otra se había perdido, él la había regalado, se la había tragado con culata y todo un caimán o qué sé yo, y la escondí en la parte alta del closet del baño, dentro del tanque del calentador de agua, que está inutilizado y sin posibilidad de arreglo ni reemplazo desde hace poco más de treinta años.

El médico bigotudo y amable le había asegurado que no era nada de importancia, no tienes que preocuparte en lo más mínimo, boba, es un virus que anda. Pero, doctor, si el niño ni siquiera puede tragarse la comida; ¿no será difteria? ¡Ay, mi madre, doctor, yo me vuelvo loca con estas cosas! Es un virus que afecta la garganta y el estómago a la vez, bobita. ¿No le va a mandar algún antibiótico? Se ríe, qué bonito se ríe. No, no le hace falta, ¿para qué?; ustedes las madres, siempre con esa manía de los antibióticos; hay que dejar al organismo hacer lo suyo; no olvides, mamá, que antibiótico es, de alguna manera, antivida.

Entonces, ¿ninguna medicina?, por la escasez no lo haga, doctor, que yo tengo amistades en todas partes y a veces hasta consigo algunos dólares por mi trabajo. Entonces, trata de conseguir un poco de Diazepán. ¿Diazepán para un niño tan pequeño? No, no, para la madre del niño. De verdad que era simpático y amable este médico con esos bigotazos tan grandes y tan negros. Dijo que no me diera ninguna pena volver por allí, aunque el niño se pusiera bien, y era seguro que se iba a poner bien, porque se trataba de un virus noble, un conde o un marqués o algo así. Le gusté, me di cuenta de que le gusté porque me miraba las caderas y una mujer siempre sabe que cuando un hombre le mira las caderas es porque le gusta. Hasta donde alcanza mi recuerdo, solamente dos hombres en mi vida me han mirado así las caderas: Rodrigo y el médico este, porque el señor de Milán, ni soñarlo; solamente ofrecer su mosquitero lombardo y nada más. Y Rodrigo ahora huye de la cama bien temprano como si la cama estuviera llena de hormigas bravas.

La escopeta es una winchester de 1959, de las últimas que entraron al país, calibre doce, de mazorca, cañón full, y está en su estuche de cuero pardo, debidamente aceitada, momificada, pero con una inverosímil vida latente y ejerciendo sólo para los insectos de la humedad y la sombra el hechizo sofista de las armas de fuego. Todos estos artefactos son una alegoría insuperable de nuestro ingenio técnico, industrial, piadoso y transmigratorio. Dentro del estuche de cuero pardo hay también dos cartuchos que supongo que sirvan, todavía.

¿Podrás hacerlo, Adelaida? De todas maneras, no te preocupes; volveremos a encontrarnos. Te lo prometo. Pero, por ahora, prefiero filer a l'anglaise antes que seguir chapoteando en la Charca Residual. Y no pienses nunca más que yo no te quiero ya; lo que pasa es que ya no me gustas, ya no eres mi polo lúdico, no activas mis apetitos, no invocas el cauterio abrasador, los puñales, las melismas de una festividad de retozos de beluarios enardecidos. Y por eso pego los grabados de Durero encima de los espejos, Adelaida, pero no porque no te quiera.

En el baño se quita la ropa de dormir, un tuniquito hecho de lienzo blanco, algo grueso y basto y rematado en el escote y la sisa con un bies de polyester de fondo verde en el que aparecen estampadas diminutas florecillas azules y amarillas. Lo mira detenidamente, lo huele, decide que ya está sucio y lo usa para secarse el sudor del cuerpo y para desenterrar el retrato que sobre aquella tela, en una época propicia y gustosa, iba a pintar Rodrigo. Retrato deprecatorio y rumboso que él le revelaba mientras le espoleaba los ijares, hacía rarísimas cabriolas de atleta bien entrenado y sorbía con deleitación y empuje sus jugos más recónditos.

Pero ahora lo importante para mí es saber si serías o no capaz de hacer lo que yo te pido. Por amor a mí. Para evitar que yo llegue a parecerme a cualquiera de las mujerucas eléctricas que servían para el gallinero de Charcot, en La Salpretiere. Para que yo no sea un segundo más el rey de Corinto, ese pobre que cargaba una y mil veces, hasta la eternidad, la enorme piedra en el Infierno.

La tela huele a pegamento de talabartería y Rodrigo le dice te la conseguí para hacerte el retrato que te tengo prometido. La Gioconda, la Fornarina y todos los retratos de Modigliani serían titubeos de aprendices al lado del retrato tuyo, mi codorniz, mi paloma, mi tórtola, mi cimarronzuela de rojos pies. Vuelo y me desnudo. Poso para ti en cueritos, con el camarada Pompilio al aire. Todavía no he parido, pero sé que acaba de iniciarse el embarazo y que después se me va a agrietar la piel del vientre y se me van a poner flácidos los pechos. Hay que aprovechar la edad de la belleza y mis teticas son ahora como las que elogiaba el rey Salomón. Son mellizos de gacela que triscan entre azucenas. Cómetelas, Rodriguito, don Rodrigo, loquito mío; saboréalas, papá. Yo soy Anacreonte, mariposilla de amor.

El perro desorientado, abandonado, confuso, ventea el olor de las olas, de los abismos, de los sargazos. El asunto es espinoso y generalmente feo: el retorno al mar, a la bruma perenne, a la gracia, a la verdad, a la disolución. Mi estrella no está en el extrañamiento de los trotamundos y me resisto a vivir una día más en este país de fantasmas. Los que buscaban el Paraíso no fueron capaces de encontrar siquiera el Infierno; y para no regresar por donde mismo habían venido, se metieron en un Limbo anfibio en el que todos somos larvas crepusculares, funerarias y aburridas. No hay consuelo, Adelaida, por mínimo que ese consuelo pueda ser. Y menos a esta hora tan temprana de la mañana, cuando tú estás ya echándote una lata de agua encima porque ducha no hay, que la turbina se rompió por los días del retrato y no ha habido manera de arreglarla, y yo estoy aquí, acordándome del winchester de mi padre y del hijo de Eolo Camus: «…la vida vale o no vale la pena de que se la viva»; eso para no retomar por millonésima vez el monólogo de otro miembro de una estirpe real. Estirpes reales las hay en todas partes y en todas las épocas, no importa si en Corinto en los tiempos del Olimpo negligente, en Dinamarca en los tiempos de la fatalidad, o en una provincia de grandes llanuras perdida en una demencial y rabiosa isla caribeña. Lo mismo da. Todos bailamos en la misma comparsa una rumba, un guaguancó, una misa gregoriana, una fuga barroca o un areíto sandunguero. No importa dónde pusieron el huevo ni si fue en los tiempos del primer barro o en los de las lavas ardientes que vislumbró el hijo del barquero Zebedeo en su soledad de las islas Espóradas.

Antes de ser ropón de dormir, el lienzo iba a dejar de ser blanco para ser ventana abierta incandescente de azafrán, mar con olor a albahaca y a fucos encarroñados, poblado por mil conchas pulidas de mil verdes diferentes y por todas las criaturas de los desatinos: hamadriadas en cueros, sátiros tocadores de caramillo: grifos, centauros, unicornios; muchachas desnudas y enjoyadas; basiliscos, harpías, cinocéfalos; viejecillos borrachos y jodedores coronados de pámpanos; flores carniceras de colores imprecativos y fauces abiertas; zampoñas, atabales, chirimías, mandolinas, pipiritañas, tamboriles, liras; danzas provocativas sobre la superficie de las aguas; bateles escorados; holgorio de sensualidad de verano; angelitos alados con guirnaldas de flores y cojoncitos del mismo azul translúcido de las alas; peces voladores; algún torreón señorial en algún punto de tierra en lontananza; y en medio de toda aquella cita hiperbólica y asombrosa, sin dominaciones ni potestades, una sola figura de jerarquía invicta: Tú.

No estaba enojado Rodrigo. Si ella prefería utilizar la tela para hacerse un ropón de dormir, él se la daba. Si no congeniaba con los Campeones de la Justicia Social, era precisamente por eso, porque sabía que cada persona tiene su problema y que ningún problema es exactamente igual a otro, aunque era verdad que existían muchísimos problemas comunes, una especie de estandarización; pero había que respetar los problemas personales, aun cuando estuvieran relacionados con algo tan insignificante como el destino de metro y medio de lienzo. No, Adelaida, no importaba que el cuadro se perdiera, porque todos y todo, incluido el cuadro que no se pintaría jamás, estuvimos siempre en alguna parte. Y seguiremos estando. Lo único que faltaba era el Tiempo de la Clemencia, que es como decir la Edad de la Memoria, que es como decir el tiempo de Ñañá Seré, que es como decir el tiempo en que te conviertes en un cagón con la facha y el ropaje del Demiurgo. ¡Yo soy Dios, Adelaida! ¡Yo soy Dios y ningún hijo de puta está autorizado a meterme el dedo en el culo! Yo no tengo nada en contra de los maricones, no me parecen mejores ni peores que cualquier otra persona, pero yo no lo soy. No lo soy y hasta prefiero que no se me confunda con uno de ellos, digamos que por una simple cuestión de identidad. Nada más. Lo juro. Me jodería muchísimo que alguien me confundiera con un músico, por ejemplo, pero lo podría soportar. Lo que no podría soportar es que alguien me obligara a tocar el violín. Pues eso sería más o menos lo mismo que si alguien se empeñara en meterme el dedo en el culo, y que, para colmo, pretendiera que yo fuera feliz con eso y me pasara todo el tiempo repitiéndole me encanta, papi, tu dedo prodigioso. ¡Dispara, coño, dispara! ¡En nombre del pasado, en nombre de lo mucho que una vez me gustaste, en memoria de nuestras singuetas inflamadas, te lo suplico, dispara!

Revuelo de migajas. La primera brisa de la mañana barre la mesa y aloja sobre el mantel remendado a Antonio Carreira. La Fantasía en do descoyunta tiesuras, elimina gusanillos, amansa turbulencias y Rodrigo dice estoy harto. La voz le suena a presbiterio, a oblación. A los redentores, a los emancipadores y a otros burros maníacos habría que guindarlos por los huevos en las plazas públicas para que se olviden de una vez y por todas de los mitos del poder y del carisma y para que hasta el más imperturbable y entretenido de los individuos, hasta los perros y otros animales lúcidos vayan por allí a echar una meadita, para después tomarse una taza de café puro acabado de colar y fumarse un tabaco de buena calidad.

El pan le sabe mal. Está pésimo, agrio, prieto. ¿No tostaste pan para mí, Rodrigo? Se empieza a comer su pedazo de pan sin tostar mojado en la leche en polvo regalo de un canadiense y untado con la mantequilla regalo de un español. ¿Por qué Rodrigo se habrá convertido en un hombre tan desequilibrado y poco atento últimamente? ¿Por qué no acabará de llover, eh, Rodrigo? Cuando nos casamos era tan cuerdo, tan amable, tan delicado, tan gentil. Y ahora, cuando solamente van a hacer cinco años de la boda, resulta que él no es capaz ni siquiera de tostarle su pan, le dice que se compre un telescopio y observe el cielo si quiere saber por qué no acaba de llover y se va de la cama cuando todavía está oscuro; eso para no hablar de que puede pasarse hasta dos o tres semanas sin hacerle el amor. ¿Por qué, Rodrigo?

Mira, cuando Alberto Durero abandonó por vez primera la casa de sus padres, inició un extraño y largo peregrinaje que los historiadores y otros majaderos registran, como siempre, plagado de pifias inveteradas y de inmensos desatinos. En primer lugar, él mismo reconoce que salió rumbo al Este, en 1490, y que regresó de nuevo en 1494, después de Pentecostés, pero no hace ni la más mínima mención del viaje que hizo a bordo de una urca de bandera impenetrable y sibilina, a tal punto que nadie podría relacionarla con empresa comercial o país alguno. Esta aparente incuria da muestras del espíritu profundamente visionario y cauteloso de Durero. De la urca sé que se llamaba Biela holubica gracias al albur venturoso de que también yo iba a bordo de ese navío. Fue en un puerto fluvial del Danubio, acompañado yo por una muchacha turbulenta, que decía ser prima de Martín Lutero, aunque como diez años mayor que él y de nombre Bronislava, que vi subir al joven maestro, radiante en su seducción prudente, en su estudiada belleza, con los larguísimos cabellos batidos por un viento que soplaba del sur de Viena y que, a todas luces, le producía una cierta inquietud.

Lo que nadie ha sabido nunca (o tal vez nadie ha querido saber) es que la Biela holubica era una vieja urca que se dirigía al Nuevo Mundo para adelantársele en un par de años al Gran Payaso Importante.

El tabaco y el ron te emborrachan. El tabaco y el ron son Cuba. Eso es mentira, una mentira folklórica. Le ronca los cojones que precisamente tú me vengas a hablar a mí de folklore. El tabaco y el ron te ponen muy grosero y te hacen hablar mierda. No me han dejado alternativa: o hablo mierda o me callo la boca. Eso también es mentira, Rodrigo, Rodrigo el Navegante, mi amor. Últimamente sabes mucho de mentiras, Adelaida, mi amor. El trabajo con los turistas ha sido un buen entrenamiento.

Las moscas se apropian del laberinto con zumbido provocador y Adelaida dice hay caras a las que preferiría no volver a ver nunca más, nunca jamás, como el país de Peter Pan. Ni Peter ni pan para Oliverio, a menos que tú puedas conseguirle algo de eso con tus extranjeros. Y no es que esté celoso de que vayas a tener que darle el culo a un cabrón advenedizo para conseguir un chocolate; es que me siento encallar no en el mar mío, no en el mar con el oro metido por decorar tus arenas, sino en la Poza de las Deyecciones.

Después de las moscas empiezan a llegar las hormigas vencedoras para hacer befa de Rodrigo con sus gonfalones, banderas, oriflamas y pancartas. En una de ellas se lee: «Que lo sepan los nacidos y los que están por nacer: nacimos para vencer y no para ser vencidos». Al frente de los ejércitos marchan el Caballero, la Muerte y el Diablo. Las primeras ideas para ese grabado las compartió Durero conmigo, a bordo de la Biela holubica, mientras comíamos arroz Basmati, cosechado al pie del Himalaya, arroz de grano largo y fino, con un aroma delicado y muy pronunciado sabor, y bebíamos vino de la Rioja Alavesa, elaborado con la variedad tinta la tempranillo. Pocos años después, el maestro concibió la figura del Caballero, en una acuarela de 1498. Al palafrén lo pintó otra vez de perfil en 1503. Finalmente, plagió. Se apropió sin el menor pudor de los esbozos de Leonardo para la estatua ecuestre de Francesco Sforza, que a su vez se había inspirado en un túmulo antiguo que había estado delante de la catedral de Pavia. Y dale al que no te dio. El plan definitivo para el grabado está en un dibujo doble que se conserva en esa ciudad desde la que te van a enviar a ti un mosquitero nuevo. Grabado turbador. Durante centurias se creyó, con candor de ideario indomable o con malicia truquera, que era algo así como el ideal del combatiente, el soldado invencible, imperturbable en su fe y en sus principios, que avanza esforzado y varonil, de derecha a izquierda, por el camino correcto. Pero si miras bien verás que hay un lagarto que avanza en sentido contrario, que es la insignia del disimulo; hay una calavera y un reloj de arena, que son los distintivos de la vanidad pasajera; hay un perro que acompaña al Diablo, que significa codicia, usura, rivalidad, celos; hay un rabo de zorra en la lanza del caballero, que es la divisa del mentiroso, del simulador, del vesánico. Y al final, resulta que el caballero intachable y estoico no es jinete contra la Muerte ni contra el Diablo, sino que cabalga junto a ellos en una aviesa excursión.

Con la algarabía de su melena enrabietada y con su disnea tosigosa, parece un mechón de alumbrar noches oscuras, sin electricidad y sin luna. Siempre que intentaba hablar y retener al mismo tiempo el humo de su tabaco en los pulmones, se asfixiaba de esa manera y tornaba a decir yo te prometo que nos encontraremos a la vuelta del camino. Tú y yo, pero también todos los demás. Eso, visto de frente. Visto de perfil y dándose aquellos tragazos, se daba un cierto parecido a Greta Garbo y decía volveremos a vernos las caras, Adelaida.

¡Y dale otra vez con la jodedera esa de volver a vernos las caras! Me cago en mi madre, en el día maldito en que me trajo al mundo si tengo que volver a ver algunas caras. Por favor, Rodrigo, mi vida, no empieces tan temprano a beber esa mierda. ¿Y qué quieres que beba? Mira a ver si me consigues con alguno de tus canadienses o tus españoles o tus italianos alguna botella de Habana Club. ¿O debo decir Havana Club? ¿Cómo debo decirlo ahora, con be o con uve? Como te dé la gana, pero no tomes más ese veneno que ni siquiera se sabe qué es. Es Warfarina, Mofuco, Hueso de Tigre, Azuquín, Caguín, Pulmón de Jirafa, Pinguete, Matantín, Salta pa'tras, Chispa de tren. Lo que ha quedado para nosotros y que sirve, por ahora, para ahuyentar las caras que no se quiere volver a ver.

Había caras a las que preferías dejar para siempre con Peter Pan y Wendy o que se las tragaran el cocodrilo del Capitán Garfio o los caimanes que nunca vimos en los arrozales del sur. Y Greta Garbo, fotografiada con luz artificial, habla largamente de los atropellos de un destino injusto, de cómo te gustaba enseñar iglesias, recorrer, seguida de tu hormiguero de turistas, sus naves, sus coros, sus ábsides, sus campanarios poblados de murciélagos y gineceo de lechuzas agoreras. Tus caminos son los de la tierra, Adelaida, porque ni en los dominios aéreos de Ochún Ikolé, ni en los reinos de Neptuno y Yemayá, hay iglesias que mostrarles a esos turistas bobos, ávidos, incautos y ascendidos al rango de deidades fervorosamente veneradas y exquisitamente atendidas. Y eso que todos bostezan ante los altares de un barroco tosco y cándido, ante los enlosados blanquinegros, ante las catacumbas en las que encontrar un muerto verdadero, a una pobre mujer casi embalsamada, con sus ropas y atributos dignatarios, es un gran acontecimiento. Pero tú eres obstinada y terca como una mula y les enseñas las iglesias, a pesar de saber que esa masa insulsa nada quiere saber de pretéritos asombros arquitectónicos; mucho menos aún de mujeres muertas hace doscientos o trescientos años. Querían, en todo caso, saber del mar, pero no del ponto abismal ni del océano de mis antepasados; querían las playas bayuseras, llenas de mujeres buenas hembras, vivitas y coleando, con la piel bronceada y nacidas, como tú misma –¡Oh, Dios, no me vayas a contagiar el SIDA, Adelaida!–, hacía no más de tres décadas.

El tabaco arde espantosamente y deja una ceniza pardusca y dispareja. Rodrigo empieza a dar fuertes chupadas para que no se le apague, y cuando de todas maneras se le apaga le dice a Adelaida que si no va a llover oro él se conformaba con que llovieran mejores tabacos y buen ron, que, a fin de cuentas, esta era la tierra del mejor tabaco y del mejor ron del mundo. Y ella le responde que no sea irresponsable. Tú tienes mujer e hijo y acabas de entrar en los treinta. Renunciaste al trabajo porque me dijiste que te ibas a dedicar a pintar, que necesitabas todo tu tiempo para pintar, y yo lo acepté porque creí que de verdad ibas a pintar, pero lo único que hiciste fue pegar esa jodida reproducción encima del espejo y dedicarte a fumar esos apestosos tabacos y a beber litros de esa mierda. No sé quién coño te crees que eres.

Yo soy el Infante Don Enrique; soy Vasco de Gama; soy Magallanes; soy Álvarez Cabral; soy todos los navegantes. Y en mis numerosos viajes, de cara a las tormentas, los vendavales, los tifones, siempre anduve en busca del día grande y espléndido de la lluvia de oro; siempre busqué el winchester de Durero.

La aplastante geometría de las hormigas y el caos trastornador de las moscas conviven confianzudamente en la plétora de un mundo de burladero, en el que hay de todo para todos, cuando Adelaida regresa al cuarto y sale de nuevo, ya vestida para irse a un trabajo que la relaciona con personas que manejan dinero auténtico. Rodrigo está todavía sentado en el mismo lugar, empeñado en hacer arder un tabaco incombustible. Ella le dice que cuando se despierte Oliverio le ponga el termómetro y si tiene fiebre le dé media aspirina. Y se acuerda del médico simpático y bigotudo. Le agradaría volver a verlo y que él le volviera a mirar las caderas de aquella forma. Le dice también que se ocupe de que Oli se cepille los dientes y de que se desayune; por suerte, el jarro que se había caído al suelo estaba vacío. Y tal vez iba a decir tres o cuatro cosas más cuando el animal cosmogónico, aturdido, descoyuntado, extraviado, se desgañita en vociferaciones de ¡hija de puta!, ¡loca de mierda!, ¡perra estúpida!, ¡puta imbécil! ¡Dispara y déjate ya de comer tanta mierda!

Fue un martillazo entre los cuernos de la res. Rejonazo de matador rústico en el vórtice del sistema nervioso central. Me quedé ciega, sorda y muda. Solamente recordaba el fogonazo de una luz candente, de arco eléctrico. Cogió el winchester que él le tendía y apretó el gatillo. El cartucho estaba viejo y húmedo y no explotó. Las moscas y las hormigas siguen en lo suyo y Rodrigo dice carajo, qué mala suerte la mía, no me lo puedo creer; nadie es tan fatal, cojones. Y retiró el cartucho y colocó el otro en la recámara de la escopeta. Tampoco servía. Tampoco explotó. Fue entonces cuando Adelaida descendió de las regiones de la hipnosis o del antifaz y después de tirar con indolencia el winchester de Durero en un rincón se rió de buena gana y dijo por poco me jodes a mí, mariconazo de mierda, payaso, loquito malcriado, niñito mío, nené, mi amor. Voy a tratar de resolverte, con alguno de mis turistas, quizás con el mismo señor de Milán, que puedas irte cuanto antes de este país, o te vas a joder tú más de lo que ya estás y nos vas a joder a Oli y a mí. Y no le pregunta qué va a hacer durante el día, después que ella se vaya, porque imagina que le va a responder que esperar la lluvia de oro, aunque sea de oro del que cagó el moro, y que se lo va a decir sin quitarse aquel apestoso tabaco de la boca y ella no podría entenderlo; menos aún si seguía con aquella cara de Greta Garbo y si se le ocurría tratar de hablar mientras retenía el humo en los pulmones.

Afuera, en la parada de una guagua que nunca iba a pasar, unos goterones con vigor de salivazos de tipo duro del far west empiezan a caer contra el pavimento, y Alberto Durero, acompañado por el lobo, el león y la calavera y con el winchester bajo el brazo, echa a andar bajo aquella bendita lluvia de abril que le empapaba la túnica y los cabellos.